大森静佳

この世の息

歌人・河野裕子論

角川書店

この世の息　歌人・河野裕子論＊目次

第一章　『森のやうに獣のやうに』

第二章　『ひるがほ』『桜森』

第三章　『はやりを』『紅』

第四章　『歳月』『体力』『家』

装幀　片岡忠彦

この世の息　歌人・河野裕子論

第一章 『森のやうに獣のやうに』

一、はじめに――「たとへば君」に願われたもの

女性短歌史をざっくり眺めると、近代以降の著名な女性歌人たちは、ある種の不幸や不遇の物語を背負っていたケースが多い。柳原白蓮や原阿佐緒は結婚や恋愛をめぐるスキャンダル、中城ふみ子は病というように。戦後の馬場あき子、大西民子、富小路禎子らの世代は子どもを持たず、貧しさや息苦しさのなかで、理知的な作風を定着させていった。昭和四十年代、それを力強く打ち破る形で登場したのが、河野裕子であった。

この連載では、既存の河野裕子像や頻繁に引かれる代表歌のイメージにできるだけとらわれず、十五冊の歌集を出来るかぎり丁寧に読んでいきたい。第一章では、『森のやうに獣のやうに』を取り上げる。

河野は昭和四十四年、「桜花の記憶」五十首で戦後生まれとして初めて角川短歌賞を受賞し、四十七年に第一歌集『森のやうに獣のやうに』を刊行。永田和宏との結婚を経て、五十一年には第二歌集『ひるがほ』を刊行した。

『森のやうに獣のやうに』が世に出た昭和四十七年と言えば、葛原妙子『葡萄木立』（三十八年）、塚本邦雄『緑色研究』（四十年）、岡井隆『眼底紀行』（四十二年）、山中智恵子『みずかありなむ』（四十三年）などの名歌集を生み出した前衛短歌運動の熱が、まだ冷めやらぬ頃だった。

「たとへば君　ガサッと落葉すくふやうに私をさらつて行つてはくれぬか」が塚本邦雄の「しかもなほ雨、ひとらみな十字架をうつしづかなる釘音きけり」（『水葬物語』）の初句に触発されて作られたというエピソードは特によく知られているが（河野裕子／聞き手・池田はるみ『歌人河野裕子が語る　私の会った人びと』）、『森のやうに獣のやうに』には前衛短歌や戦後短歌の影響が実に色濃く認められる。例えば「乾きゆく血のいろほどに口惜しく汝れも持ちたる野の少年期」はおそらく春日井建の「唇びるに蛾の銀粉をまぶしつつ己れを恋ひし野の少年期」（『未青年』）の本歌取りであろうし、「生まれ来ることなき寂しき卵ひとつ身に浮かべつつ秋の日を行く」は富小路禎子の「処女にて身に深く持つ浄き卵秋の日吾の心熱くす」（『未明のしらべ』）を連想させる。初期の河野は、文体や感覚、場面の描き方など戦後短歌の財産を一身に吸収して、その上になお、独自の太々とした魅力を展開させていった。

逆立ちしておまへがおれを眺めてた　たつた一度きりのあの夏のこと
たとへば君　ガサッと落葉すくふやうに私をさらつて行つてはくれぬか
ブラウスの中まで明かるき初夏の日にけぶれるごときわが乳房あり

『森のやうに獣のやうに』には、十七歳から二十五歳までの作品が収録されている。淡く光のさすような恋と性の感覚の瑞々しさと獣のような息づかいをあわせ持つ相聞歌集で、例えばこういった歌がよく知られている。確かに、これらの歌は短歌史に刻まれるべくして刻まれた優れた青春歌である。

ただ、『森のやうに獣のやうに』を一冊通して読むと、こういった爽やかで眩しい青春歌は例外的なものだということがわかる。ふるさとの井戸を覗きこむような不思議な暗さ。私がこの歌集を読んで感じたこの得体の知れぬほの暗さを、少しずつでも読み解いていければと願う。

ひとすぢの血のまじりたる鶏卵のみくだし貧しき今日の終りとせむか
おほかたを病みて過せし十八のわれを植物くさいと言ひし友あり
彼岸花びしよ濡れの胸に抱きながら遮断機の向うの病院憎み見つ
病室を裸足に脱け出し雨の中を駈けをり誰もだれも追ひ来るな

まずは、歌集前半に置かれたこのような不穏な歌が気になる。年譜によると、河野は自律神経を病んで高校を一年間休学しており、歌集冒頭から二つ目の連作「十八歳」では、その頃の入院生活が詠まれているようだ。病気がちに過ごす日々のやるせなさや静かな悔しさを、輪郭のくっきりとした言葉でやや饒舌に詠いおろしている。

くろずみし朱肉に離婚の印を押しむなしき明日の冒頭とする　中城ふみ子

植物の持つ美（うる）はしさか君病めば異性の意識なくてむき合ふ

交叉路を放心しつつ渡るともわれを轢きくるる車などなし

最初期の河野裕子に見られる中城ふみ子の影響は、米川千嘉子の評論「戦後女性短歌と河野裕子」（「塔」平成二十三年八月号）に詳しいが、こういった病や病院での日々を詠んだ歌に関しても二人の歌はかなり重なる部分を持つ。文体や発想、さらに河野の三首目「彼岸花びしよ濡れの胸に抱きながら」や四首目「誰もだれも追ひ来るな」には中城ふみ子の歌にかなり通じるような劇場性があり、ヒロイックな詠みぶりが目立つ。ただし、中城作品にある屈折感や自虐性、やや露悪的な感じは河野においてはほとんど払拭され、代わりにより強い焦りやもどかしさといったものが少女の痛みとともに読み取れる。

出奔はつひに成らざり夕陽の中ぬくき線路を踏みて帰れり

父母も家もうち捨て君に走る日のあるべしや朝の皿磨く　「コスモス」（昭和四十三年七月号）

不安定な心身に苦しみ、病院を裸足で脱け出してしまった少女は、「遮断機の向うの病院」を睨みつけている。しかし、最後には諦めて陽光に温められた線路をとぼとぼと踏んで病院に帰ってゆく。一首目の「出奔」という語に端的にあらわれているが、すべてから自由になって遠くへ行きたいという希求が歌集前半で繰り返し詠まれる。ただでさえ日々を檻のように感じてしまいがちな思春期に、思うにまかせない心と身体で思う「出奔」という言葉の熱。二首目は歌集未収録の歌だが、次の歌に繋がる部分があると思ったので引いておく。河野裕子の歌人としての歩みの第一歩に、このような寂しくもどかしい少女期の歌がひっそりと置かれていたということを胸に留めておきたい。

たとへば君　ガサッと落葉すくふやうに私をさらつて行つてはくれぬか

歌集冒頭からのこのような流れを受けて眺めるとき、「十八歳」の直後の連作「青林檎」の中のこの歌は、単に恋愛の相手に積極を促しているという意味には留まらないように思える。「さらう」という動詞は、意味的には「連れて行く」などとは違ってむしろ「奪う」に近く、さらわれる「私」の側に何らかの枷となるものがあることを暗示している。やはり、病気のため同級生から一年遅れてしまう寂しさと不安、入院生活の苦しみ、そして薄ら寒い「家」や故郷に縛りつけられた日々、そんなどうすることもできない現実からの脱出が「君」への思いと重なりつつ願われていたのではなかったか。

純粋に恋の歌として読んでも十分に魅力的だが、実はもっと悲しい、もっと切迫した歌ではなかったかと思うのだ。そうして読むと、相手に指を突きつけるような初句の力強さ、若さの傲慢さが活きてくる。「ガサッと落葉すくふ」というのは何気ない仕草だが、鮮やかな秋の色彩が浮かぶ。さらに面白いのは結句の「くれぬか」という表現で、口語でもなく文語でもない不思議な言葉遣いの歌となった。「くれぬか」のために、この歌の「私」は少女でありながら年老いているような、不思議に崇高な気配をまとったのである。

二、自分を見つめる

さて、こうした息苦しい青春の不安感のなかで、河野において自意識がどう詠われているかに注目したい。なぜなら、『森のやうに獣のやうに』の不思議な暗さの一端に、さきほど挙げたような病に関わる歌があることは確かだが、それ以上に、自分を見つめる静かな歌に異様なまでの迫力を感じたからだ。集中ではあまり目立たないのだが、意外にも自己を凝視する歌は多い。この自己凝視の姿勢もまた、初期河野のほの暗さに繋がっていくように思える。そして、そのような歌群で象徴的に登場するモチーフが鏡である。

あはれ常に鏡の裡よりのぞきゐる暗く澄みたるひとつの顔あり　『森のやうに獣のやうに』
銀かがみひびわれしままに家を出づかがみの中にねむるわれの顔
甕の水わが顔吸ひてとつぷりと納屋の暗がりに光りてゐたる
秋の日の鏡の奥処ひいやりと閉ぢ開きする瞳孔が見ゆ　『ひるがほ』
光り澄む大き鏡に差し入れてわが手はさがすわが身の影を

こうして並べてみると、鏡を通して自分を見つめながらも、どこか自分から遠く離れているような違和感と寂しさは紛れもない。この自己を見つめる視線の暗さは、神経の病気で休学をしたという経歴とは切り離して、河野が生来持つ特質として読まなければいけない気がする。

一首目は鏡を覗く自分という構図が逆転して鏡の中から「ひとつの顔」＝自分がこちらを覗いているという見方が印象深い。初句にさらりと挿入された「常に」という語が、鏡を見ていないときも自分の顔がずっと鏡の中に在るかのように思わせ、少しぞっとする。二首目と合わせて読むと、より鮮明になるだろうか。家を出た後も、ひび割れた鏡の中に自分の顔が眠っているという。自分の顔が自分を離れて、まるでひとつの生き物のように知らないうちに鏡の中で起きたり眠ったりしているという感覚が面白い。このように自分の顔を外から眺める視線は、三首目の「甕の水」のような疑似的な鏡の場合にも確認できる。四、五首目は第二歌集『ひるがほ』から。言葉がぐんと定型に美しく沿うようになるので前三首のような奇妙な感じはやや薄くなるが、「瞳孔」や「わが手」までもが自分を離れたもののように冷ややかに観察されている。

夜の更けし硝子の中にわらひたるひとつのかほ須臾にして消ゆ
雪降れるガラスの中よりうごききてわが頰冠りわれにちかづく
ガラス戸にさだかならざる者立つをふと近づくに他ならぬわれ

葛原妙子『葡萄木立』

鏡といえば葛原妙子を思い出す。『葡萄木立』から引いたこの三首は、一見すると河野の鏡の歌によく似ているが、葛原の歌では少なくともはじめは硝子に映るものが自分ではない何者かとして描かれている点が異なる。葛原の歌ではこの世ならざるものを目撃したという衝撃が核になっているのだが、河野の場合はあくまで自分自身の問題として、鏡を覗いているうちに自分の「顔」や「瞳孔」が自分から離れて動きだすような怖ろしさ、自分が揺らいでいく不安を詠んでいる。

葛原における鏡やガラス戸は異界への出入り口のようなものだが、河野の鏡は自分自身との問答の場なのである。自分とは何なのかという根源的な問いを思うときに、河野はまず鏡の中に見る自分の顔から詠い出す。どこまでが自分なのか、その輪郭や境界を認識したいという方向にはいかず、あくまで自分と世界のあわいに潜む混沌をそのまま詠うという河野の姿勢は以降の歌集においても続いていく。また、自分を外から見つめるという点では、次のような歌も自意識の歌として独特なものがある。

火の如きわれにはつひにあらざりきひざ抱きて夜の湯に瞑りをり　『森のやうに獣のやうに』

少女期終らむとしてうぶ毛濃き顔うちつけの西日にさらすかな

殺しても足らざる程にひと一人憎みて生きいきとなりゆく吾か　『ひるがほ』

一、二首目は『森のやうに獣のやうに』、三首目は『ひるがほ』から引いた。河野には湯舟に浸かってものを思うという歌が実はかなり多いのだが、この歌の場合は「つひに」という一語に生涯を見渡すかのような断念めいたものがあり、自分を客観視するまなざしを深化させている。二首目は、うぶ毛の濃い顔という自分への視線の向け方もさることながら、さらにその顔を西日に「さらす」という、この何ともぶっきらぼうで即物的なもの言い。自意識の歌における、自分を外から見つめる視線については、第三歌集以降も注意して見ていきたい。

『森のやうに獣のやうに』でもう一つ注目したいのは、河野が超現実的な、幻想の歌をかなりの数作っているということだ。ここでは、河野の幻想が血や生死のイメージへと繋がっていく過程をつぶさに見ていきたい。

三、死児への思いと幻想

死の後に再た歩み来む道の果てひるがほの耳あまたそよげば
まつ白な手紙のやうに来てほしきその死も持ちゐむびろびろの耳
べつたりと人間の唇笑ひゐる夕日はりつきし硝子戸の裡

河野の幻想的な歌の特徴は、身体部位のクローズアップという一点に尽きるだろう。とりわけ「耳」の歌は多いが、あえて「耳」や「唇」にのみ焦点を当てることで現実から浮遊する感覚を詠んでいる。「昼がほを耳たぶのごとくそよがせてま白き坂を下り来しなり」という歌もあるように、昼顔の花と耳たぶは集中で繰り返し重ねて詠われている。二首目は「まつ白な手紙のやうに」と何か清潔な静かなものとして滑り込んでくる死を言っているかと思って読んでいくと、結句の「びろびろの耳」という表現にぎょっとする。二重に比喩が使われているためひとつの映像が結ばれない点で一首としては失敗しているかもしれないが、河野作品における「耳」を考える上では意義深い。つまり、「耳」は生理的に気味の悪いものとして、あるいはもっと直接的に死の匂いがするものとして描かれていると言えるだろう。河野の詠ったたくさんの「耳」は、死後の世界とこちらのあわいで揺れている。

闇中に象(かたち)なきまま蹴り合ひゐし身かとせつなく抱き合ひたり

これはとても好きな歌なのだが、解釈がちょっと難しい。恋人と、遥か太古の闇の中で、まだ胎児という形さえないまま裸のたましい同士で浮遊しながら蹴り合っていた。その頃の記憶を思いながら今ここで互いを抱き合っている、その切なさ。そんな宇宙的なスケールの愛の歌として読んだ。まるで姉弟のように、姉弟よりもずっと遥かな地平で繋がっていた二人。時空を超えたところにあるたましいの胎に思いを馳せる幻想が美しい。表現としては中城ふみ子の「メスのもとあばかれてゆく過去がありわが胎児らは闇に蹴り合ふ」を踏まえているのかもしれないが、相聞歌として改めて展開したところに魅力を感じる。

君は今小さき水たまりをまたぎしかわが磨く匙のふと暗みたり

『ひるがほ』でよく知られるこの歌は、幻想というよりもある種の巫女的な感覚と言ったほうがいいだろうか。距離的に遠く離れているはずの「匙」と「小さき水たまり」が一瞬だけリンクして、手もとの匙に「君」が水たまりを跨いでいくその影がふっと映り、暗くなる。きらきらした楕円状のものだということ、ものを映すということなどの性質を「匙」と「水たまり」が共有しているので、巫女的な幻想の歌であるにもかかわらず、とても自然に読者の胸に入ってくる。葛原妙子の「口中に一粒の葡萄を潰したりすなはちわが目ふと暗きかも」(『葡萄木立』)などからの影響があるのかもしれないが、こちらは「葡萄」と「わが目」が同様にリンクして眼球を嚙み潰したような残酷さもある怖い歌。

前置きが長くなったが、この章で取り上げたいのは『森のやうに獣のやうに』の死児をテーマにした二つの連作「血」と「みづ」である。河野は未生の時間や死後、または異界の時間へと自在に幻を見たが、第一歌集の後半に置かれる連作「みづ」は、その幻想性と実体験に基づく死児への悲しみが合流した実に魅力ある歌群である。この「血」と「みづ」という二つの表題は、偶然にも人間の体内をめぐるものとして美しい対になっており、初期の河野裕子が生なまとした肉感のある歌から幻想や美意識が表に出た歌へと大きく揺れ動いたことをも象徴するかのような題だと思う。

花のしべ闇に鋭く向き合へば血より確かに君を奪ひぬ
いつの日の夜とも違ふ夜となりて血にまじり来し君が血に眠る
血を待ちて空しく眠る夜々をうぶ毛すれすれに麦熟れてゆく
髪千筋かなしみよぢれて濡るる夜を未生抹殺謀られてゐる
誰からも祝福されぬ闇の忌日　あたたかくいのち触れつつ断つ他は無し
血の海を血もて汚せし悔しさの癒えざるままに長き雨期至る
肌ざむき欠落の時もどくだみは闇に十字につらなり咲けり
もう捨てむわれのかなしみ子の恨み六月暗緑の雨は寒きに
喪ふものすでになくせし頭(づ)に高くわれらが二十三の夏の陽ありき

まずは連作「血」から少し多めに歌を引く。「いつの日の夜とも違ふ夜となりて」、「血を待ちて空しく眠る」、「もう捨てむわれのかなしみ子の恨み」といった部分など、やや冗長で詩の言葉として濾過が不十分であることは否定できないが、「血」という一語に全身全霊で縋りながら狂ったように詠むその迫力が読み取れる。この連作の主人公が置かれる状況を読み取る上で重要になってくるのはおそらく四首目と五首目で、「未生抹殺謀られてゐる」、「断つ他は無し」という表現に注目したい。年譜などには書かれていないためあまり知られていないが、「路上」五十七号（平成元年九月）の佐藤通雅からのインタビューで、河野はこの経験に関して次のように明かしている。

佐藤　はじめ流産なさったでしょ。
河野　流産はしてないです。
佐藤　僕、『ひるがほ』にある、「逝かせし子と生まれ来る子と未生なる闇のいづくにすれちがひしか」の「逝かせし子」は流産かと思ってた。死産？
河野　でもないです。あれはしょうがなかったですね。若過ぎるということもあったし、私が自己に目覚めていないということもありましたね。まわりの大人の説得に押されてしまった。
佐藤　身ごもったのはその時がはじめてね。
河野　そうです。だから無惨でしたよね。
佐藤　『ひるがほ』にはお産にかかわる歌がいっぱいあって、たとえば、「生まれ来しわれの暗さに遡行してほたるは水に触れつつ飛べり」というように、どこかに死も孕んでしまったという観念があるんだけど、そのときも、もう感受性としては同じだった？
河野　そうです。すでにそうでした。自分の中にあるのは、はじめから死でしかなかったという……。

佐藤　じゃ、神経がまいったんじゃない。
河野　自殺未遂をおこしました。
佐藤　あー、そうだった。僕は流産とばかり思ってた。強烈だね。
河野　あれは死でしかなかったと。黒い腐れかけている果物を自分の中に持ち込んだような。もう日の目を見ることはないんだろうという……。やっぱりあれは私が弱かったですね、自分の意志を押し切れなかった。産むべきだったんだ。
佐藤　そうだったの、ごめんね、つらいこと聞いちゃって。
河野　いえいえ。

これを踏まえて、あの有名な「生と一緒に死というものもはらんでしまった」（次章で詳しく言及）という言葉を改めて思うとき、身ごもっている子がやがて死を迎える存在だという意味に留まらず、この死児の記憶をも孕んでいるという意味とが、二重に響いてくる。「血」と言えば、しばしば指摘されるように後に第十三歌集のタイトルにもなった「母系」という語が、この第一歌集ですでに登場している。その二首はともにこの死児の経験に関連した歌だという点を確認しておこう。

水かがみしわしわ歪むゆふまぐれわれにありたる母系も絶えぬ

星ごよみ壁に古びぬ母系こそ血もて絶たれし母のまた母の家
やはらかくわが身を包み流れゐる母系の血潮おもひて眠る　「コスモス」（昭和四十四年二月号）
母系の血喉にこみあげ熱きとき父の眼の中の海図のごときひびわれ　「幻想派」三号

一、二首目が歌集に入っている歌。三、四首目は歌集未収録だが、四首目は歌集に入るときに「灯に向けし父が内障眼の瞳孔の魚鱗のごときはすでにひびわれ」へ推敲されたと思われる。「母系」の血が自分に流れているということを河野は非常に意識していた。その感覚は現在の私にとってはたやすく共感できるものではないけれど、この重要な問題について、次章では『ひるがほ』以降の出産と母性の歌を通して、少しでも接近したいと考えている。

土偶にも卑弥呼にも通ひだくだくとわれの日本の女の血めぐる

面白いのは、その女の血を真正面から詠んだ『森のやうに獣のやうに』のこの歌で、自分の血に繋がるものとして挙げられているのが「土偶」と「卑弥呼」だということだ。古代日本の呪術的な存在として一見近いイメージを並べたようにも見えるのだが、私が「土偶」と「卑弥呼」からそれぞれ感じ取るものはむしろ正反対の性質だ。つまり、「土偶」というと豊穣祈願のため乳房や臀部を強調した形で作られ、女性の「肉」の面を思わせるが、逆に卑弥呼は肉体的なイメージが希薄で、幻視の巫女として、皆の眼に触れないところで祈りと政治を司る者としてどこか透き通った存在だから、女性の精神や感覚の神秘という面を想起させる。

土偶のような豊穣の象徴としての肉体と血を持つということ、そして、卑弥呼のように幻も含めて静かに見据えるということ、その二つの面をあわせ持つものとして、河野は「日本の女の血」を考えていたのではなかったか。そんな血が、「母系」の血を伝って自分にも流れているという自負と畏れであったのか。

さて、連作「血」に戻るが、私が注目したのは「血を待ちて空しく眠る夜々をうぶ毛すれすれに麦熟れてゆく」という三首目の歌だ。妊娠をめぐり不安定になった心で眠るとき、産毛すれすれに麦が熟れていくという。奇妙な夢のようで、「うぶ毛すれすれ」の近さで起きていることなのにどこか遠い。初めて、それも予期せぬ形で子どもを身ごもったときの夢のような浮遊感、自分の身体に起こっていることにもかかわらず、どこか自分のこととは思えず当惑させられるような、そんな微妙な感じが出ていると思う。

ほかに「しなやかに結ばれし夜も金の禾研（のぎ）ぎつつ闇に熱かりし麦」や「逆のぼる血汐の痛み　陽に向きて幾万の麦穂金に渦まく」という歌があり、思いがけず胎内に宿った命と金色に輝き育ってゆく「麦」のイメージがうっすらと重ねられていることがわかる。

連作「血」の中で表現としての屈託を持つ歌はこの「うぶ毛すれすれに麦熟れてゆく」の歌くらいで、全体的にはかなり直情的に詠まれている。景の描写も「どくだみは闇に十字につらなり咲けり」や「六月暗緑の雨は寒きに」などある程度現実に即しており、世界を異化するような幻視的な視線が入り込む余裕はなかったようだ。やはり感情をむき出しにして狂おしく詠った、詠わざるを得なかった一連なのだろう。この連作の後、「死ぬまでを喪のときとして水際辺にはなゆふがほの蕊くらきかな」の一首を挟みつつ、死児への思いはやがて、連作「みづ」に結実する。

水満つる胸涼やかにひかり兆す　五月昏るるとして緑青の森
耳よりも鋭く聴きし森の空水にぬれたる青き夕映え
森のやうに獣のやうにわれは生く群青の空耳研ぐばかり
樹木らの耳さとき夜かうかうと水に映りて死者の影渡る
水のみの映せる時空の暗がりに腰かけゐる者のあなうら見ゆる
ゆるやかに流るる血汐にすり寄りてふかく確かに在りたるものを
満ちてくる胸の高さの水寒し水泡のごとくいのち逝かせし
手鏡に火の西空を半ば入れ梳りつつわが喪は長し
この水の冥きを問へば水底に髪揺られつつ死児は呼びゐむ

水波の暗きをわけて浮かび来るやはき耳もつ稚き死者ら
死にそこねし夏ありしことも恥ならず踏めば落梅の核みな白し
誰のものにもあらざるその子かなしみのきはまる時に呼ばむ名もなし

これらの歌を読むと、感情表現がややのっぺりとして生硬だった連作「血」から、大きく深化していることがわかる。歌の完成度は「みづ」のほうが格段に高く、さらに「森」や「空」の幻想に死者のイメージを絡めて、詩の言葉として立ち上がらせている。二首目、この「みづ」という連作に至って、繰り返し詠まれてきた河野の「耳」がより強烈な存在感をもって幻想の鍵として働く。三首目の「群青の空耳研ぐばかり」や四首目の「樹木らの耳」という表現もあることから、現実の耳よりももっと鋭く死者の声を聴くものとして森の耳やその上の空の耳というものを描こうとしているると言えるかもしれない。連作中にはほかに「いまだ暗き夏の真昼を耳閉ざし魚のごとくに漂ひゐたり」という歌もあり、現実の耳を閉ざして森の耳、空の耳によってもっと奥深くから死児の声を聴こうとする思いが読み取れる。

そして、「みづ」という表題にも通じて印象深いのは、この森にあるとされる湖（のようなもの）の水面に空の夕映えや幼い死者たちの足裏が映る光景だ。「水にぬれたる青き夕映え」、「水のみの映せる時空の暗がり」など、空を映す水面のこの美しさ。一首目「水満つる胸」や七首目「満ちてくる胸の高さの水寒し」などから、この湖のまわりを漂っている稚い死児たちに逢おうとして、「われ」が水中に身を浸していくかのようにも読める。

『森のやうに獣のやうに』の表題歌「森のやうに獣のやうにわれは生く群青の空耳研ぐばかり」の歌の前後に、このような悲しい世界が広がっているということを、改めて思う。この歌集題の「森」は、ほかでもなくこの死児の湖のある青い森のことなのだ。涼しく死児たちを抱きこむこの森のように、いつまでも彼らの声に耳を澄ませていたい。そして、死児たちが漂う湖を獣となって歩き回り、その喪を詠いたい。

死児たちは、水底に髪をゆらゆらとなびかせながらこちらを呼んでいるが、死児に答えようにも「かなしみのきはまる時に呼ばむ名もなし」なのだ。名前がないから呼んであげることさえできない我が子。八首目「手鏡に火の西空を半ば入れ」という表現に、森の青以外の色彩が初めて出てきて、「われ」が森の外の世界をこれから歩いていかなければならないことを暗示するが、「わが喪は長し」という結句は、死児への喪の思いを生涯抱きしめて生きていく決意である。この豊かな森のように、生とともに死をも抱いて歩いていく。『森のやうに獣のやうに』という歌集題は、そのような悲しい覚悟をこめた宣言だったのではないだろうか。

連作「みづ」の後も、「喪ひて再び返り来ぬものを瀑布のごとく昏れゆく坂よ」など、歌集の後半にはこの喪失の経験を思わせる歌が多くある。さらに次の『ひるがほ』では二人の子を産みながらも「逝かせし子と生まれ来る子と未生なる闇のいづくにすれちがひしか」や「この二人子（ふたりご）に似てゐしならむはかなき子あたたかきミルク分けつつ想ふ」と詠っており、その悲しみがまさに河野裕子という森の奥深くに生い茂っていることを窺わせる。河野裕子の歌の生涯の始まりに、これら多くの死児の歌があったということは心に留めておきたい、と思う。

四、「われら」の相聞歌

ひるがえって『森のやうに獣のやうに』の相聞歌は明るく懐かしい。それは、自分自身へ向かうときのまなざしの底暗さとは対照的とさえ言える。河野が異性を見つめるとき、そこにはいつも薄く光が射している。

夏帽子すこしななめにかぶりゐてうつ向くときに眉は長かり
くすの木の皮はがしつつ君を待つこの羞（やさ）しさも過ぎて思はむ
逆光に耳ばかりふたつ燃えてゐる寡黙のひとりをひそかに憎む

必ずしも歌に光が描かれているわけではないにもかかわらず、河野の相聞歌にはいつも斜め上から光が当たっているような懐かしさがある。それはやはり、これらの鮮やかな映像性によるものだろう。

一首目、夏帽子を斜めに被ってうつむく青年の細やかな観察から、少し照れくさそうにしているその表情までもが立ち上がってくる。「うつ向くときに眉は長かり」という下句には発見としての面白さだけでなく、恋人の顔に思いがけず新しい表情を見つけたという淡い感動が滲む。二首目は特に好きな歌。恋人との待ち合わせの時間が初々しい感覚で詠われている。浮き立つ心を抑えるためか照れ臭さを紛らわすためか、「君」を待ちながら手遊びのようにくすの木の皮をはがす。この感じは本当に「羞しさ」としか言いようがないのだ。その気持ちを年月の後に思い出すだろうというところに、感情を先取りしてしまう切なさがある。三首目、寡黙だからこそ逆光にふたつの耳だけが燃えて見えるのだろう。この瞬間この角度から自分だけが目撃した姿、という一度きりの切迫感がある。三首に共通して言えるのは、まるで映画のシーンのように、登場人物の存在感がくっきりと立っていることだ。色彩や場面を伝えるような素材はそれほど多くないのに、不思議と豊かな映像性を帯びている。

『森のやうに獣のやうに』

かへらざる憧れなれど夕映えてあかがねいろに坂はありたり
こみあげて思へば熱しかつてわが愛せしひとのせしごときしぐさ

君に似て少年めきしひとなりき見上げつつゐて告ぐべくもなし

坂の上はさへぎりもなき夕映のまた失へば得がたきひかり

森を外れ沈む日ざしは地を擦れりきみに似し人をかつて恋ひゐき

小野茂樹『羊雲離散』

抽象度の高い言葉を用いながらも、場面として鮮やかに立ち上がる青春歌という点では、小野茂樹の『羊雲離散』と比較してみたくなる。昭和四十三年刊行の『羊雲離散』は、『森のやうに獣のやうに』より四年早いとは言え、ほぼ同時期に世に出た青春歌集で、当時の若者に大きな影響を及ぼしたと言われる。

例えば、「夕映」や「坂」などに託される、その郷愁のイメージ。かつて愛した人と重ねながら、いま愛する人へと思いをずらしてゆく微妙な感じ。かなり、共通する叙情がある。

ここでは、二人の歌でしばしば用いられている「われら」という語に焦点を当ててみる。

すでにわれら一本の椎の木になりて冬木立吹き来る風に吹かれゐたりき

蒼杉と蒼杉のあはひに佇ちつくしわれらたちまち陽を見失ふ

あたたかく胸合はせつつわれら見き夕映え越えて帰る山鳩

小野茂樹

くろがねの一念葡萄の房重し　いづれ雨の中なるわれらが無援
たそがれは丘をつつみて深まりぬそのまま待ちて幼きわれら
せめて同じき調べに心つながむとわれら危ふく木の扉押す
いだきあふわれらの内に粉のごとく軋めるもののありと声呑む
灯の街を離れし音は陸橋に歩をゆるめたるわれらを浸す
青春に逐はれしわれら白樫のいのち封じし幹に倚り立つ

河野の歌から見ていこう。一首目、「われら」は一本の椎の木になって冬の風に吹かれている。ただ、二人が一体となった歓びはこの歌からはさほど感じられず、どこか若さゆえの孤立感や寒々しさを含んでいる。二首目でも蒼杉と蒼杉の間に立ち尽くす二人が感じているのは、やっと見出した太陽の光をたちまちに見失ってしまった喪失感と寂しさだ。三首目は少し雰囲気が違って、温かい胸と胸を抱き合っている親密な場面だが、抱き合う「われら」が見ているのは夕映えという美しい空間を越えて帰ってゆく山鳩だという。そこにはささやかな幸福感とともに絶えず往き来する生の寂寥があるように思える。四首目、「われら」を恋人同士と読むとすればそこには孤立感とともにその裏返しの戦士のような連帯感がある。

一方の小野茂樹の「われら」の歌は、「同じき調べ」、「粉のごとく軋めるもの」、「灯の街を離れし音」、「青春」など、イメージを喚起しない表現が多く、河野に比べると、やや観念的である。河野は同じ「われら」の歌でも木々や夕映え、雨、山鳩など、自然に由来する豊かな映像性を出しており、「われら」と詠まれた二人が抱え持つ鬱屈が、その分いっそう鮮明に出ていると言えるだろう。河野の相聞歌における「われら」には、一組の男女という枠をはみ出して、もっと兄弟や少年同士に近い連帯感、共犯めいた親密さがある。

ここで、『森のやうに獣のやうに』以前の戦後女性歌人たちの相聞歌を少し見てみたい。

君いはば吾も告げまし落葉の道代々木通りに夕せまるなり
馬場あき子『早笛』(昭和三十年)

君が知らぬ世界も一つもつべし赤きリボンの日記を閉ざす
同『地下にともる灯』(昭和三十四年)

いくばくか距離もち君と木に倚ればこの距離のままの行末ならむ
中野照子『湖底』(昭和三十九年)

ただ一人の束縛を待つと書きしより雲の分布は日日に美し
三國玲子『花前線』(昭和四十年)

戦後のこの時期はそもそも女性の青春歌集が少ないため、比較自体に意味があるのかどうかわからないが、戦時中に少女期や青春を過ごした女性たちの恋の歌は、当然のことながら河野の相聞歌とはかなり異質のものだ。そこには、毅然として知性的な女性像が浮かぶ。そう容易くは自分の心を明け渡さないのだという宣言のような歌。自分が物事を決める存在であることに誇りを持ち、男性と対峙しようという覚悟に溢れている。『森のやうに獣のやうに』以前の女性の歌には、自分と恋人のことを「われら」と詠うような、そういった軽やかな連帯感、仲間意識のようなものはなかったのではないか。昭和二十〜四十年頃の女性の第一歌集、第二歌集のいくつかに目を通したが、「人類」や「女性」といった意味で用いたものはあっても、恋人との関係で「われら」という語を使った歌はほとんど見つからなかった。河野は、そういった時代を打ち破るように「われら」の相聞歌、すなわち、どこか友だちとの友情のような、新しい恋愛の歌を高らかに詠ったのであった。

小野茂樹の『羊雲離散』には、前掲の歌以外にも「われら」という人称を用いた恋愛の歌が頻出する。もしかすると河野も意識的にか無意識的にか、『羊雲離散』の影響を受けたのかもしれないが、やはり女性としてこのような感覚を詠ったということに、大きな意義があったと言っていいだろう。

感動を暗算し終へて風が吹くぼくを出てきみにきみを出てぼくに　　小野茂樹
残照はわれに代りてきみの背に宿らむ浄きぬくもりとなる

さらに、小野茂樹において「ぼく」と「きみ」が今にも入れ替りそうなほど軽やかに対置されている歌は、「われら」の歌の延長線上にあって、やはり当時の読者に新しい衝撃を与えたのではないだろうか。「ぼく」と「きみ」は性別を軽々と超えてまるで友だち同士のようで、ここに挙げた二首はとても爽やかかつ温かく、『羊雲離散』の最良の歌の一部だと思う。そして、この軽やかさに対応するような歌が、河野にもある。

逆立ちしておまへがおれを眺めてた　たつた一度きりのあの夏のこと　『森のやうに獣のやうに』
おれたちの短い夏に漂着し灼けた筏よ満身創痍　『ひるがほ』

一首目は、言わずと知れた『森のやうに獣のやうに』の巻頭歌。さまざまな解釈がある歌だが、私はやはり前掲の小野茂樹の歌のように、二つのたましいが軽やかに向き合っている、そんな夏の懐かしさを読み取りたい。少年同士の友情のような、まだ愛を愛とも判別しない二人が照れ隠しに逆立ちをしながら、おずおずと互いの姿を眺め合う、童話のような切ない風景だ。「おまへ」と「おれ」という人称は、こうした未分化でぶっきらぼうで懐かしい関係を言うためには、やはり「おまへ」と「おれ」でなければならなかったのだ。
二首目、河野の第一、第二歌集で他に「おれ」という語の出てくる唯一の歌として、『ひるがほ』のこの歌を挙げておく。この歌でもやはり、季節は夏。この「おれたち」には先ほどの「われら」に通じるような青春の匂いがあり、若い日々にふと訪れてすぐに過ぎてゆく夏の歌として読める。漂着して灼けてしまった「筏」は、「おれたち」に一瞬だけ与えられ、その後失われてしまった何かの象徴なのかもしれない。

『森のやうに獣のやうに』には映像性の豊かさや少年同士のような軽やかな親密さを湛えた相聞歌が光るが、歌集は「言ひかけて開きし唇の濡れをれば今しばしわれを娶らずにゐよ」という、微妙な陰影と屈折のある歌によって締めくくられる。次の『ひるがほ』では河野の愛の歌はどのように変化していくのだろうか。

汝が胸の寂しき影のそのあたりきりん草の影かはみ出してゐる
ひるがほの花あかりほどのわが胸に額埋め来て稚かりける

『ひるがほ』

一首目、「汝」の影の胸のあたりからピョンとはみ出しているきりん草の影。上句の「の」の連なりがなめらかだが、四句目「きりん草の影か」の「か」で少し揺らぐ。これが「きりん草の影がはみ出してゐる」という下句だったら、やや単調な雰囲気になっていただろう。ぼやっとした影の感じがとてもいい。何となく「汝」の寂しい胸からきりん草の影が溢れ出てきたようにも思え、不思議な切なさがある。二首目、子どもの歌とも読めるが夫の歌と読んだほうが魅力的だ。ふとしたときに幼く甘えてくる男性へのどうしようもない愛しさが、ゆるやかに詠まれている。

君は君の体温のうちに睡りゐてかかる寂しさのぬくみに触(さや)る
この額この唇持つは誰ならむ夜毎傍へに人は眠れど
鼻梁の翳さびしく汝れは眠りゐる妻子無き日のある夜に似て
眠りゐる汝が背にのばすわが腕を寂しき夜の架橋と思ふ

『ひるがほ』

眠る夫を詠んだ歌に、心に残るものが多かった。ここに引いた四首がすべて、先に眠った夫を見つめている場面だということも興味深い。一首目、眠っている背中に向かって闇の中を伸びる自分の腕を「寂しき夜の架橋」と言う。「汝が背」、「わが腕」、「と思ふ」と丁寧に言葉を重ねることで余韻を残している。二首目では、独身の頃の寝顔を今に重ねて眺めている。同じ鼻梁の翳りの寂しさであるのに、あれから時間だけが過ぎていったという、歳月への感慨に溢れる。三首目は、河野が鏡の中の自分を見つめるときの感覚に通じるような不思議なまなざしだ。毎夜隣に眠っているはずの夫がふと見知らぬ人に思えてしまう一瞬。遠近感が狂うような微妙な感じがある。四首目、眠りの内側に溜まってゆく体温はその人だけのもの。せめてその「寂しさのぬくみ」に触れようと手を伸ばす。どの歌も、睡眠というおこないが本質的に孕んでいる寂しさを巧みに捉えて、夫婦の歌として心に残る。

『ひるがほ』の愛の歌は、ひたすらに静かだ。文体も、第一歌集のようにやや無理な字余りが並ぶということもなく、定型をしっかり消化してそれでいてたっぷりとした息が吹き込まれている。『森のやうに獣のやうに』の相聞歌に光が射しているとするならば、『ひるがほ』の相聞歌を照らすのはやわらかな灯りだろう。光から灯りへ。この静謐さとやわらかさは一体どこから来たのか。

生まれ来しわれの暗さに遡行してほたるは水に触れつつ飛べり　『ひるがほ』

『ひるがほ』にはこのような「生まれる」ことのほの暗さを詠んだ魅力的な一首がある。螢はどのような暗さをさかのぼって光っているのか。

参考文献

・伊藤一彦監修『シリーズ牧水賞の歌人たちVol.7 河野裕子』青磁社（平成二十二年）
・古谷智子『河野裕子の歌』雁書館（平成八年）
・伊藤一彦『定型の自画像』砂子屋書房（昭和六十一年）

・「塔」河野裕子追悼号（平成二十三年八月号）

第二章　『ひるがほ』『桜森』

一、はじめに——土俗と古典の時代

ひたむきで奔放な自意識のなかから、青春の愛憎を詠いあげた第一歌集から一転、第二歌集『ひるがほ』と第三歌集『桜森』で、河野は新たな歌の世界へと踏み出した。『ひるがほ』の冒頭から描かれる出産の経験が、おそらくその契機のひとつになっている。今回は、『ひるがほ』と『桜森』を読みこみつつ、河野にとって一体「母性」とは何だったのかという問題を中心に考えてみたい。

生まれ来しわれの暗さに遡行してほたるは水に触れつつ飛べり　『ひるがほ』
分銅のしづかなる揺れ　人の生に往還といふ時間は無くて
少女のやうに逝きたりしかば年経りて吾娘のごとくに思ふ日あらむ　『桜森』

ここに引いた一首目の「生まれ来しわれの暗さ」とは、母親の胎内や産道の暗闇だけでなく、もっとはるか太古から、人が人を産み継いできた歴史のほの暗さをも含む言葉であろうか。そこを遡りながら、自身の追憶としての螢は飛んでゆく。「水に触れつつ」には、存在の根を遡ってゆくときのほのかな官能の手触りがある。二首目、人の一生は生まれて死ぬまでの一本道であり、逆走は利かない。往還という時間が人生にないことを受け入れようとしているが、分銅の細かな揺れというはりつめたイメージに、それを受け入れかねている者の思いが滲んでいる。三首目は、高校時代からの親友であった河野里子の自死を受けての悲痛な歌。いずれも、生の時間を大きく深く捉えて思索している。『ひるがほ』刊行時に河野は三十歳、『桜森』刊行時には三十四歳だった。まず、この時期の河野裕子の動きを確認しておこう。

昭和四十七年　第一歌集『森のやうに獣のやうに』刊行
昭和四十八年　座談会「女歌その後」に参加
　　　　　　　長男誕生
昭和五十年　　長女誕生
昭和五十一年　第二歌集『ひるがほ』刊行
昭和五十四年　評論「いのちを見つめる」を発表
昭和五十五年　第三歌集『桜森』を刊行

逆立ちしておまへがおれを眺めてた　たつた一度きりのあの夏のこと『森のやうに獣のやうに』
たとへば君　ガサッと落葉すくふやうに私をさらつて行つてはくれぬか

たつぷりと真水を抱きてしづもれる昏き器を近江と言へり
わが胸をのぞかば胸のくらがりに桜森見ゆ吹雪きゐる見ゆ

『桜森』

昭和四十七年の『森のやうに獣のやうに』と昭和五十五年の『桜森』までの間に流れた時間は八年間に過ぎないが、思いつくままにそれぞれの有名歌を挙げただけでもその変容は明らかだろう。大胆な口語を織り交ぜながら恋や性をおおらかに描くという作風からは少しずつ離れ、『ひるがほ』の河野は、古典的なしらべと身体感覚を生かした世界へとその重心を移していった。

この変化は、単に妊娠という個人的な経験のみに由来するものだろうか。おそらく、それだけではない。ある意味で、『ひるがほ』は時代の流れに乗った歌集だと思うのだが、その根拠を昭和四十年代の短歌をめぐる状況に目を向けながら考えてみたい。

そもそも、『森のやうに獣のやうに』が出た当時の歌壇は、安保闘争を背景として、男性による力強い作風の歌が勢いを持っていた。それは具体的には、福島泰樹『バリケード・一九六六年二月』(昭和四十四年)や佐佐木幸綱『群黎』(昭和四十五年)といった歌集であり、特に『群黎』に関しては、その跋文で大岡信が「佐佐木幸綱の歌を一言で形容するなら、《男歌》である」と書いているのが象徴的だ。昭和四十三年、前衛短歌の火付け役を担った編集者・中井英夫は、「読書人」の匿名時評において、「男歌」が歌壇を席巻しているのに対して「釈迢空によって復権させられた女歌」が衰弱していることを嘆いた。

つまり、どちらかと言えば「男歌」が優位であった空気のなかで、河野の最初の歌集は産声をあげたのだ。先に挙げた二首のように、『森のやうに獣のやうに』にはいまだ性の未分化な、ユニセックスな気分が色濃く漂っていた。男歌でもなければ女歌でもない。そういった二分法を超えたもっと根源的なところにそれらの歌の魅力はあった。

もしかしたら、「あたたかく胸合はせつつわれら見き夕映え越えて帰る山鳩」などの「われら」の歌からは、当時の学生運動の空気や連帯感を、かすかに見てとることができるかもしれないが、いずれにせよ、佐佐木や福島のような英雄的な男歌からも古典和歌のような優美さからも、遠いところにある第一歌集であった。それが、河野自身どこまで意図的であったのかはわからないが、その中性的な爽やかさは『ひるがほ』と『桜森』ではほとんど失われてゆく。

髪羞(やさ)し汝が挿しくれしひるがほもひかりあえかにゆふべは萎えぬ　『ひるがほ』

場面といい韻律といい、古典の記憶を呼び起こされるような優美な一首である。もちろんこういった歌ばかりではないのだが、この種のたおやかな表現が『ひるがほ』のひとつの軸になっていた。

白き霧ながるる夜の草の園に自転車はほそきつばさ濡れたり　高野公彦『汽水の光』

海とほく灯ともす船の見えしよりとめどなく夜のこころただよふ　成瀬有『游べ、櫻の園へ』

『ひるがほ』とほぼ同時期に角川書店から相次いで出された「新鋭歌人叢書」の男性たちに目を向けてみる。彼らはその表現の繊細さと作風の内省的な淡さから、「内向の世代」「レース編みの歌人」などと呼ばれた。「短歌」（平成四年五月号）の特別座談会「昭和短歌史―内向の世代から女性の時代へ」は、この時代の流れが当事者たちの回想によって浮き彫りにされていて興味深い。そのなかで佐佐木幸綱は、いわゆる男歌の勇壮さが「新鋭歌人叢書」のような繊細な表現に移った時期を振り返って、「非常に荒々しい時代があって、やわらかいものが出にくい時代が続いたんです。……それがあの時代になってやっと発酵して、そういうやわらかいものが出てきたのかなと見ていました」と語る。

いわゆる男歌の時代の後に、淡くひらいた「やわらかい」歌。佐佐木の発言は「新鋭歌人叢書」の男性歌人を念頭に置いたものであったが、『ひるがほ』におけるたおやかさ、繊細さへの傾倒もこうした時代の流れと無関係だとは言い切れないように思う。とは言え、それ以降の河野は、観念的かつ視野の狭さゆえに篠弘によって「微視的観念の小世界」とも批判された「内向の世代」を超えて、身体感覚を生かした豊饒な世界へと作風を展開させてゆくこととなる。

もう一つ、『ひるがほ』前後の歌壇の流れとして押さえておきたいのは、岩田正によって定義されたいわゆる土俗の歌である。どちらかと言えば都市的、西洋的な詠い方を目指す前衛短歌の嵐が過ぎ去った後の短歌界に、今度は、日本の風土を日本の感性で見つめ直そうとする歌群が出てきたのである。岩田は、「短歌」（昭和四十八年八月号）に「土偶歌える―風土・その心の系譜」を発表し、折口信夫の民俗学的な実作の系譜に連なるものとして、昭和四十七年に相次いで刊行された前登志夫『霊異記』、岡野弘彦『滄浪歌』、馬場あき子『飛花抄』などを例に挙げながら、安保闘争以降の短歌的情勢のひとつとして、「土俗的なるものによる一種の短歌的閉塞現状からの脱出」を主張している。

木斛（もっこく）の冬の葉むらに身を隠れわが縄文の泪垂り来る　　前登志夫
つぐなひの青草を負ひてさすらへる若き神あり。わが心なぐ　　岡野弘彦
むかし丹波の――おにもいまなし鄙びうた夕べは澄みて無韻なる空　　馬場あき子

岩田はこれらの歌に「農でもなく、現実の土でもない、情念を内籠らせた思惟によるところの、土着の抒情」があるとして、「土俗短歌とでも言うべき、あたらしい様式美」を見出している。昭和四十六年の馬場あき子「女歌のゆくえ」に続き、ここでも「情念」という語がキーワードになっ

ている。土俗短歌に関する岩田の評論は、昭和五十年、すなわち『ひるがほ』刊行の前年に、『土俗の思想』として一冊にまとめられることとなった。

指ひろげ草地を這へば草匂ふとかげでありし原始のやうに　『ひるがほ』
祖父の鉈かかれる土間の暗がりは樫の木林の夜に続きゐし
眼玉なき眼窩のまろさ子を抱く母の埴輪はややうつむきて　『桜森』
睡さうな生首どもをひとつづつ夕日の納屋の棚からおろす

必ずしもこの時期に限ったことではないが、河野の作品には、「土俗の思想」的なモチーフや感覚がかなりあるように見える。単にモチーフだけでなく、その空間の描き方に呪術的な匂いがあったり古代からの血縁や地縁の濃さへの畏れがあったりと、歌の背景には、土俗的な時空間への志向と血の情念が燻っている。

しんきらりと鬼は見たりし菜の花の間に蒼き（あはひ）にんげんの耳　『ひるがほ』
女なればわれに生きながらの死を賜ひ手を汚さざる権力といふは
ひりひりと痛きわが血よ斬られたる汝が血を吸ひし土に西日差す

百年を待つに来ぬ鬼もしや百年われを待ちゐる鬼にあらずや
かごめかごめ人の子の歌風にのり聞ゆるゆふべわが鬼いづこ　『桜森』

また、この時期の河野はいくつかの主題制作を試みているが、そのテーマにも土俗への志向は明らかである。一首目の歌が入っている連作「菜の花」は、鬼の孤独を童話風の色彩のなかに描く。二、三首目は大津皇子と大伯皇女の物語とに取材した大連作「黙契」から引いた。天武天皇亡き後の後継者争いのさなか、謀反の嫌疑をかけられ処刑されてしまった大津皇子を、姉・大伯皇女になりかわった作者は深く悼む。万葉集に入っている姉弟の歌を引きながら、河野は思い入れ豊かに詠っているのだが、大島史洋も『河野裕子論』で述べているように、連作の構成としての魅力という点ではやや物足りないかもしれない。

ただ、一首一首は面白い。二首目は、大津皇子を陥れた皇后鸕野（大津と後継者を争った草壁皇子の母）の憎悪の恐ろしさか。物語を超えて、河野の女性観や権力への思いをも滲ませる。

その次の四、五首目の『桜森』の歌は、連作「花」から。馬場あき子は第三歌集『無限花序』（昭和四十四年）において、「待つ」という日本古来の女の位置や情念といったものに、能動的な価値を見出したが、この「花」という連作は、「待つ女」、「鬼」、「情念」などへの心寄せという点で、馬場の影響を受けている気がする。

土俗なるものへの志向は、歌壇に限ったことではなかった。昭和四十年代から五十年代にかけて、「新潮」に十一年間にわたって連載された小林秀雄の『本居宣長』や仏教書がベストセラーになり、中上健次の『岬』が出るなど、土俗や日本古代への回帰の波が押し寄せていた。土地、血、家、村落、そして情念。この『ひるがほ』と『桜森』は、そういった時代の空気ともやわらかく響き合っていたのではないだろうか。

よく言われるように、古代とは女性たちがごく自然に地に力を漲らせていた時代でもあった。古代や土俗への志向は、河野の場合、やがて汎母性や身体感覚の拡大といった豊饒な世界へと繋がってゆく。

二、「いのちを見つめる」の意義

この時期の河野裕子を語るときに避けて通れないものに、座談会「女歌その後」(「短歌」昭和四十八年七月号)への参加と評論「いのちを見つめる—母性を中心として」(「短歌」昭和五十四年五月号)がある。こうした仕事と作品の両面から、河野は、昭和の終わり頃に来るいわゆる「女歌」ブームの先駆けとなったのである。この章では、これらの座談会や文章の概要と背景、そして同時代の反応について押さえておきたい。

座談会「女歌その後」のメンバーは、馬場あき子、河野愛子、三國玲子、大西民子、北沢郁子、富小路禎子、そして若い世代から一人だけ河野裕子が参加した。河野は、第一子出産を間近に控えての出席であった。

この座談会は、釈迢空以来の「女歌」論に対する女性の側からの答えを、文体、思想、美意識などの面から探ろうとする内容のものだった。それまでの女歌は、男性によって語られ、男性が読みとりたいと思うイメージに固定されてきたが、いまここで女性も女性による歌の思想を持とう、と願っての座談会である。

そのなかで、馬場の「産むということを通して生を問うんじゃないか」という発言に対して、河野は「生と一緒に死というものもはらんでしまった」と応え、その場に衝撃を与えたという。

河野以外の出席者は、結婚から出産へという道のりを辿っておらず、戦争による青春の傷痕を負っていることを強く意識する世代である。彼女らは、男性と肩を並べて戦後の社会を逞しく渡ってゆくために、いったんは女性的、母性的なものを退け、観念や思想を頼りに歌の方法論を探ってきたのだ。そのなかにあって、妊娠中の河野が発した生理的な情念の世界は、座談会の形而上学的な議論を停止させてしまうほどの衝撃力を持っていた、という。司会の馬場は、河野の発言を「産む」という女の哲学として評価した。

では、「生と一緒に死というものもはらんでしまった」とはどういうことなのか。おそらくは第一義的には、いま自分が身ごもっている胎児は何十年か後には必ず死ぬ存在だという意味であることは間違いない。河野の発言の後に、富小路禎子が自身の生き方を振り返りつつ、「必ず死ぬものを自分が生むっていうことは、絶対にいやだと思ってたのよね」と述べていることから、この座談会の場でも暗黙のうちにそう解釈されていることが窺える。ただ、たぶん河野はこのとき、自分とわが子という個人的な狭い関係だけを念頭に置いていたわけではないだろう。人間は、生だけでは時間や歴史に繋がることはできない。生を授かった瞬間から死をも合わせて抱えることによって初めて、生と死を累々と重ねながら培われてきたこの生命の歴史に連なることが可能となる。この「生と一緒に死というものもはらんでしまった」という発言の背後にあるのは、次のような感覚であろう。

結婚前とか、もっと若い時代はいつも地面から浮き上って生きていたような気がするわけね。ところがおなかが大きいせいで、重量感が下にあるせいもあるのか、もうちょっと地面に近くなった感じがするわけ。……世界の一部分に自分が完全に属してしまったという、いままであった疎外感というものがなくなって、何が起こっても別にこわくないというような居直りというのができてきたような気がする。

以上は、座談会終盤の総括のなかで河野が発した言葉である。「病室を裸足に脱け出し雨の中を駈けをり誰もだれも追ひ来るな」に代表されるような『森のやうに獣のやうに』の鬱屈を知っている者にとっては、若い頃の河野の胸にあった「疎外感」というのはよくわかる。その疎外感が、妊娠をきっかけに薄くなり、代わりに「世界の一部分に自分が完全に属してしまった」という安心感が生まれたという。

この新鮮かつ説得力のある感覚の変化は、その後の実作にも反映されることとなる。つまり、世界に属したことによって、時間的には太古へと遡る血の意識を得て、空間的には人類や自然との連帯感を得たのであった。

母性による世界との連帯というこの思想は、評論「いのちを見つめる」でより詳細に述べられている。

・(孕んだとき、……)私は、道を歩く誰彼に直結しているのだという、一方的な連帯感をもって人々に向き合わずにはいられなかった。私たちのいのちの共通の存在の根っこを、その時、私自身の肉体がひき受けて抱え込んでいたからである。

・男が短い有限の生、一回性の生でもって、その存在を完結するしかないのに対して、女たちは何百万年の昔から孕み、産み、育てて来たのである。いのちに対する感受や、考え方に、より本質に関わった独自性があるのは、女の内なる自然性や、生命律のうえからいっても、当然のことである。

この「いのちを見つめる」という文章のなかで、河野は自身の妊娠という経験から出発して、太古より続く女性の血の、生に対する包容力について語る。そして、女性一般を視野に入れて母性復権を望んだ与謝野晶子、子を詠っても子を突き抜けて自意識を爆発させた岡本かの子、ひたすらにわが子への妄執と愛を詠んだ五島美代子らの、「産む」歌の系譜を辿りつつ論は進められる。

さらに河野は、五島がひたむきな「原母」の歌人であったことを認めながらも、その母性が「自らの血の絆を歌うことにのみ終始した」ことを惜しみ、五島に対置する歌人として山田あきを評価した。河野は山田あきの「子を負える埴輪のおんなあたたかしかくおろかにていのち生みつぐ」(『山河無限』)などを引き、わが子への個の母としてだけでなく、生命への信頼をもとに縦と横への繋がりから母であることを詠ったその「汎母性」を賞賛した。

近代に至るまでは出産自体が穢れとして社会的に忌避されていたため、「産む」歌の歴史はまだそれほど長くはなく、せいぜい与謝野晶子以降の蓄積しかない。そんななかで、この文章は、産むということを自分の言葉でもって語り切り、また、晶子以来の「産む」歌の系譜を辿って、そこに自己を鮮やかに位置づけたという点で画期的だろう。

この「いのちを見つめる」は、母性の歌の系譜を論じながら、その母性がわが子との個別の地平に留まることなく、世の中の女性全体という横の繋がりや、太古から血を通して連綿と引き継がれてきた女性たちの縦の繋がりを視野に入れて、よりスケールの大きな歌を願うものであった。母性的なものをいったん拒否するところから歩み始めたひとつ上の世代に対して、与謝野晶子や五島美代子以来の母性の復権を高らかに呼びかけたのである。

しかし、「いのちを見つめる」は、発表直後から、とりわけ同性の歌人たちからの批判を浴びることとなる。代表的なものでは、永井陽子「再び第二の性を」(「短歌人」昭和五十五年三月号)がある。永井は河野に対して、「文学という形而上の世界の中心に、今さら出産やら胎やらが据えられ大上段に語られようとは、想像だにしなかった。女が母性の中に自己を位置づけねばならぬ時代は、もう過ぎている」とかなり熱く反論している。

永井に限らず、当時、性にこだわる考え方自体を古いものだとする若い世代が群れをなして出てきつつあった。阿木津英はその頃の流れを指して、〈新しい女＝フェミニスト〉対〈古い女＝専業主婦、従属的補完的存在としての女〉の図式が〈新しい女＝男とか女にこだわらない軽やかな自然体の新人類〉対〈古い女＝女、女とこだわるうっとうしいフェミニスト〉という図式に振り替えられてしまった、と回想する(『折口信夫の女歌論』)。

歌壇的には、こうしたフェミニズムの衰弱は後の『サラダ記念日』ブームによって決定的となる。

実際のところ、昭和五十九年の京都で行われたシンポジウム「歌うならば、今」では、今野寿美や松平盟子もまた、「母性」に対して否定的な発言をしている。つまり、その前夜に発表された「いのちを見つめる」の、母性や女性の生理へのこだわりは、一部の女性にとってはすでに感覚的に共感しがたいものだったのである。

女という性を飛び越えた地点から詠っていくか、女という性を通して生を見つめるか。これはもはや各人の選択の問題となっていた。だから「いのちを見つめる」は、一般的な評論というよりもむしろ、河野がこれから歌人として生きるにあたって書き記したマニフェストとして見たほうがいいのかもしれない。

そもそも、「母性」とは本来どういう意味なのか。「母性」の語は、大正のはじめに、平塚らいてうと与謝野晶子によって闘わされたいわゆる母性保護論争を通じて普及した。motherhood の翻訳語としては当初、「母態」のほうが優勢であったが、論争のなかで、晶子が「母性」という訳語を多用したために、こちらが定着してしまったという。「母態」ならば単に母である状態を指すが、「性」という字には生まれつきの性質というニュアンスがあったがために、「母性」は曖昧でやっかいな概念になった。

日本の婦人運動に影響を与えたエレン・ケイの著作『母性の復興』を参照すると、母性(但し、訳者の平塚らいてうがこの時点で採用した訳語は「母心」)の性質は、「与えること」、「犠牲になること」、「他の幸福を祈願すること」、「やさしいこと」であるという。その後、そういったニュアンスの普及とともに「母性愛」や「母性本能」などの語が派生した。

阿木津英が『二十世紀短歌と女の歌』で簡潔にまとめている部分を引くならば、「エレン・ケイの優生学をバックボーンとするmotherhoodの思想は、本質的先天的性質をさししめす〈性〉の語を媒介としつつ、伝統的〈母〉概念にぐあいよく挿し木され、新しい意義を付加して、日本の土壌に活着した」という流れであったらしい。

河野にとっての母性は、エレン・ケイ経由で日本に定着したこの一般的な「母性」とはかなり異質のものである。「いのちを見つめる」で「ぐにゃぐにゃのどろどろの、摑みようもないもの」などと妊娠を非常に感覚的な言葉で表現していることからも想像されるように、河野にとっての母性とは、もっと鋭く身体感覚に根ざしたものではなかっただろうか。そして河野は、その母性によって、世界の一部分に属し、世界を感受し、始原への混沌とした思いを湛えることとなる。

陽のいろの男の半裸産むことのあらざる腰のいたく簡明に　『ひるがほ』
二人子を抱きてなほ剰る腕汝れらが父のかなしみも容る
喉仏あらはなあなた　切崖のやうな男の寂しさを見上ぐ　『桜森』

そのように自身の身体に息づく無限の混沌を自覚したことで、河野は、男性へのまなざしをも変化させてゆく。これらの作品に目を移すと、恋人や夫への視線が第一歌集のときとは少し異なっているのがわかる。河野は、男性は「一回性の生でもって、その存在を完結するしかない」悲愴な存在であると言った。第一歌集では恋人同士が軽やかに連帯する爽やかでフラットな関係性だったのが、『ひるがほ』と『桜森』では、はっきりと男性に対する慈しみの視線へとシフトしている。

三、母性の深化（Ⅰ）

ここから、実際に河野の妊娠と出産の歌を追ってみたい。『ひるがほ』で河野は二人の子どもを出産するが、実際に一冊を通して読んでみると妊娠や出産の体験を直接に詠んだ歌はそれほど多くない。

『ひるがほ』

まがなしくいのち二つとなりし身を泉のごとき夜の湯に浸す

吾(あ)を産みし母より汝れの父よりもいのち間近にわが肉を蹴る

みごもりて宿せる大きかなしみの核のごときを重く撫でゐつ

ここに引いた三首は、『ひるがほ』のなかでも比較的普遍性の高い妊娠の歌と言えるだろう。

一首目、一人の身体にふたつの命があるという奇跡的な時間をじんわりと静かに受け入れてゆく。「泉のごとき」という比喩は、実感であったと思う。身を浸す夜の湯を、こんこんと湧き出る泉のように感じるほど、清潔で厳かな思いに貫かれていたのだろう。二首目、「吾」と濃厚に対峙しているのは胎内の「汝れ」であり、夫は「汝れの父」という距離感でもって、感動の外側に立たされている。史上初めて胎動を歌にしたとされる五島美代子の「我ならぬ生命(いのち)の音をわが体内(みぬち)にききつつこころさびしむものを」(『暖流』)などと比べると、河野の歌において、胎児との距離は身体感覚を通じて格段に近くなっている。

一、二首目のように「いのち」の語が頻出するが、ここには、岡本かの子の「桜ばないのち一ぱいに咲くからに生命(いのち)をかけてわが眺めたり」や五島美代子「うつそみのいのち一途(いちづ)になりにけり生(あ)れまく近き吾子を思へば」などが遠く響いているように感じる。三首目では、その胎内の生命を「大きかなしみの核」と呼んだところが魅力だ。「大きかなしみ」という言葉のなかに、胎児がこれから辿ってゆく生と、それに続く死までもを見据える母親の切実な思いがこもっている。

全体に、身ごもったことの歓びよりも、静謐な戸惑いと存在の根源から来るかなしみが色濃い。わが子の生とその生が内包する未来の時間というものが、自身の生に繋がったことのかなしみは、翻って生への愛おしさでもあろう。これらの歌はいい歌には違いないが、そういった思いに深く充足し、その思いのなかで完結している。一方、次のような歌はどうだろうか。

胎児つつむ囊（ふくろ）となりきり眠るとき雨夜のめぐり海のごとしも　『ひるがほ』

産むことも生まれしこともかなしみの一つ涯とし夜の灯り消す

ひとつ星近づく思ひに日を待てば吾（あ）が生まれ来し日にゆきつくごとし

われはわれを産みしならずやかの太初（はじめ）吾（あ）を生（な）せし海身裡に搖らぐ　『桜森』

一首目は、妊娠中の自分の身体をかなり即物的に突き放しており、第一歌集からあった、自己を客観視する見方に通じるものがある。二〜四首目では、子を産むにあたって、自分がこの世に生まれてきた不思議を思っている。「吾が生まれ来し日にゆきつくごとし」は時間を遡ってゆく感じだが、四首目の『桜森』の歌では、自分を産んだ太古の海が、羊水のイメージと響きながら自身の裡に揺れているという。これらの歌は、母親と自分という個別の関係性に留まらず、性を通してもっとはるかな時空を遡って奥行きがある。

産むといふ血みどろの中ひとすぢに聴きすがりゐて蟬は冥かりき　『ひるがほ』

しんしんとひとすぢ続く蟬のこゑ産みたる後の薄明に聴こゆ

『森のやうに獣のやうに』で「産み終へし母が内耳の奥ふかく鳴き澄みをりしひとつかなかな」と詠まれた蟬が、『ひるがほ』では自身の出産を見守るものとして再登場する。自身があちこちで書いているように、河野にとって、蟬は生と死を繋ぐ役目を負うものであった。出産という血みどろの壮絶を身に引き受けながら、これら二首では、苦しみを突き抜けてどこか異界に出てきてしまったような、圧倒的な静けさが印象的だ。

「聴きすがりゐて」や「産みたる後の薄明」といった表現に、声高ではないが、濃やかな心理と臨場感がある。与謝野晶子の「悪龍となりて苦み猪となりて啼かずば人の生み難きかな」や「母として女人の身をば裂ける血に清まらぬ世はあらじとぞ思ふ」（ともに『青海波』）などは、出産の歌として画期的でありながら、やや理屈っぽい大仰さがあったが、それと比較しても、河野の出産の歌は、表現として非常に繊細に昇華されていることがよくわかる。

産綱にすがりていのち苦しみし産屋の母らの力は甦る　『ひるがほ』

子を叱る母らのこゑのいきいきと響くつよさをわがこゑも持つ　『桜森』

さらに、この二首では、自身が「いのちを見つめる」で称揚した汎母性を実践している。一首目は、母性の縦の繋がりに向き合った歌。産屋の母たちは、現代よりももっと孤独な、死に近い時間を持ったことだろう。その死にもの狂いの力が、いま子を産もうとする自分の肉体に蘇ってきたことへの自負と畏れがある。「産綱」、「産屋」と重ねられる「うぶ」の音、「いのち苦しみし」という不思議な語法によって、どこか過剰な感じが出ている。次の歌は、他の母親の声を聴いて母としての自身の声をそこに連ねるという、横の繋がりの歌。子を叱る声のはりつめた強さに、母子関係の躍動感がある。このように河野は、「いのちを見つめる」での述志の通り、わが子を産み、育てるという日々のなかで、日常の枠のなかに留まらず、自らの母としての歌の幅を広げていった。

阿木津英は『折口信夫の女歌論』のなかで、フェミニズムを視野に入れつつ、河野の母性を次のように解説している。

（河野の）「いのち」の語の発光の仕方は、たとえば石牟礼道子や森崎和江を思い出させるし、なにより母性我を唱えた高群逸枝の「母親の愛は、生命への愛である」（『女性の歴史』下巻）という、日本のフェミニズムの母性主義が、河野に流れこんでいるのが見てとれる。というより、河野自身がこれらを引き寄せている。そこには、たんに概念的な知識ではなく、〈母性〉〈いのち〉〈自然〉を自らの回復とするような、生きた観念ともいうべきものがある。

母としての愛が、生命や自然への愛に繋がってゆく。河野にとっての母性は、産み育てるという個人の経験ばかりか、人間や性といった概念をも飛び越え、「いのち」そのものに向かって大きく広がってゆくのだ。

これに関して、「いのちを見つめる」の中でも紹介されているが、「短歌現代」昭和五十三年七月号で五島美代子について書いたとき、河野は「子を産み、育てることをもってのみ母性というのではない。それは、大きな普遍的な容量を持ったいのちの循環のありようそのものなのではなかろうか」と述べている。また『ひるがほ』刊行よりも前の昭和四十九年という早い段階で、次のような言葉も残している。

幼時に母を喪ったという恋人を抱く時、私の持つべき母胎の中に彼をも内包する血の海としての豊饒さをなまの感覚として知覚したこともほんとうなのである。私自身の母性の中に、彼の生命の始まりの時と場所を回復して行くようなよろこびを幾度か感じ、……

この「わが歌の秘密」(「短歌」昭和四十九年三月号)は、「しんしんとひとすぢ続く蟬のこゑ産みたる後の薄明に聴こゆ」について自注した文章である。河野は、妊娠のはるか以前にすでに自分の裡の血の海を自覚し、ひとりの恋人を介してあらゆる生命の原初にまで思いを飛ばしていたのだ。

その頃の歌「「ゆたゆたと血のあふれてる冥い海ね」くちづけのあと母胎のこと語れり」や「闇中に象（かたち）なきまま蹴り合ひゐし身かとせつなく抱き合ひたり」（ともに『森のやうに獣のやうに』）などは、その思索の跡であろう。

河野の「母性」は、女性であれば誰もが生まれつき持っているなどという種類のものでもないし、個人の産む、育てるという体験に執着するものではない。自身の裡の身体感覚に基づいて生命の混沌へと錘をおろす、ひとつの確かな思想であった。これは、歌と散文を書き進めるなかで、若かりし河野が全力で摑みとってきた主題だった。

四、母性の深化（Ⅱ）

母性を「いのちの循環のありよう」と定義した河野は、その母性を、強靭な身体感覚と合流させることによって深めてゆく。

子をはらむごとく謐（しづ）かに死を蔵（つつ）み馬は紫紺の頭を垂り睡る　『ひるがほ』

馬は、その胎に子を孕むように死を宿して眠っている。この馬の雌雄は関係ない。雄も含めすべての生き物は、自らの裡に死を孕んでいる。死は、自分の外側ではなく内側にあるのだ。身ごもるというイメージを、死を通して、女という性とは無関係の、より風通しのいい場へ広げている点でこの歌は印象的だ。死を孕むすべての生物を見守りたい、という眼差しがある。

夏ゆふひ耳の底まで差して来てかすかに痒くさびしきものを
日向より日翳に入りてゆく刹那頭蓋ひいやりと血は傾けり
脳葉も翳らひをらむ窓の外灰色につつみ雪降る気配する
みづからの暗き臓腑に届くなく肩灼けたるのみに夏も終れり　『ひるがほ』
網膜にけぶりて届くひかりあり今たれかかざす夜半のひるがほ　『桜森』

身体感覚と強く結びついた河野の母性は、その後どのように展開していくのか。身体感覚の歌を順に追いながら考えていきたい。まずは、この五首のように、「耳の底」、「頭蓋」の血、「脳葉」、「臓腑」、「網膜」など、外からは見えない体内の感覚を詠んだ歌が非常に多い。この時期、どんどん視覚から離れていったという印象がある。

一首目、夕陽で耳の底が痒いという感覚には驚かされるが、日暮れどきというのは光と自分の身体が溶け合っていくような、輪郭を失っていくような不思議な雰囲気があるので共感もできる。二首目もシンプルだが実感のあるいい歌だ。眩しいところから暗いところへ突然移ったときの、頭がしんとしてふっと血の揺れが意識される感じ。五首とも、身体の内部のことを詠んでいるが、その感覚は、夕陽が射したこと、日翳へ移動したこと、雪が降っていることなど、すべて外界の出来事に対する反応として出てきている点にも注目したい。つまり、自分の裡だけで完結する幻想的な身体感覚ともちょっと違うのだ。

夜と昼の生理ことなる樹の下に肺持つわれの胸息づけり　『ひるがほ』
羊歯の葉のくらき戦ぎを踏みて来て皮をはぐがに沓下脱ぎつ
鮮しき傷のごとしもひとひらの夏至のゆふつ日耳孔にたまる
みごもればうすき髪膚（はつぷ）の外にして血だまりのやうに翳るひなたよ
ひたぶるに夕日の坂は傾斜せり喉のくらがりが血まみれなり　『桜森』
粘膜も鼓膜も溶けゆく昏睡に沓（はろ）ばろと沼の呼ぶこゑ聴こゆ

外界からの刺激によって濃やかに震える、裡なる器官の身体感覚。それはやがて、ここに挙げたような、自然と自己がどろどろと共鳴し合う異様な歌を生む。
昼と夜で異なる樹の生理、その生理のなまなましさに「われ」の肺は反応する。対比でもなく同化でもなく、ただひたすらに樹と「われ」の距離が近く、互いを意識して静かにはりつめている。二首目、意志を持っているかのように蠢く羊歯の葉を踏んだ足の、その沓下を樹皮のように剝ぐ。どこかバランスを欠いた、不安な世界である。三首目の夕陽に見出す暴力性、四首目の、日向を血だまりのような影が覆う不気味さ。五首目、まるで坂が意志をもって傾きを維持しているような「ひたぶるに」という初句も奇妙だが、それに呼応する下句も怖い。夕陽の赤が喉に当たっているということなのか、それとも、充血した夕陽と連動するように体内の血がせり上がってきたということか。いずれにせよ、不穏なイメージの歌だ。

これらは、身体が自然や外界に共鳴しているというよりも、一歩深く、身体が自然を侵食しつつあるような歌である。繰り返しになるが、河野の母性は身体感覚に強く根差したものである。河野は、これらの歌で、男女という区別や生物といった範疇を突き抜けて、母性の幅を大胆に拡大し、全身の感覚でもって自然と交信しようとしているのではないだろうか。先に述べたように、河野はかつて、母性を「大きな普遍的な容量を持ったいのちの循環のありようそのもの」と定義したが、その「いのちの循環」とは、おそらく人間だけではなく太古から生滅してきた樹や光や花など自然をすっかりひっくるめての言葉だろう。

その裡ら秋冷の血はのぼりゐむ梢よりまづ紅葉せる黄櫨(はぜ)　『ひるがほ』

肺葉に翳さすごとく夏の樹樹ひそかに深く息づきゐたり
鳥けもの冬は簡浄の血もて寄る心臓のやうな森の日だまり
樹樹の血は乾きてわれの肩に落つ無数の軽き紅葉となりて
このおほきいきものの樹が春ごとに空に噴き出すしろさくらばな
沈みゆく月の冥さに松の幹一枚いちまいの鱗を立つる
泥ふかき沼だつぷりと尾(つ)けて来る山のゆふべの坂の暗がり
粘膜のやうなる空は垂れて来つ昏れむとしゐる沼の面に
このゆふべ凍みつつうるむ土の上(へ)にひひらぎ幽かに花零しをり
紅葉(こうえふ)をゆさゆさ揺らし騒げども森は再びおほきく暗し

『桜森』

身体が自然に喰い込んでゆくような感覚は、やがてこういった歌群に至ることとなる。樹の内部の血や肺葉を透視し、日だまりを心臓のようにあたたかく血の通ったものとして見つめる。さらに『桜森』では、ここに挙げた歌を読んだだけでも、その感覚がいっそうダイナミックになってきているのがわかる。空に桜を噴きあげる樹、どろどろと尾けてくる沼、粘膜のように垂れる空。それぞれの存在感が異様なまでに濃い。もはや河野自身の身体感覚は完全に自然のなかに埋まり、溶けきってしまったかのようだ。河野の身体は歌のなかにはどこにもないのに、自然のなかに身体のなまなまとした感覚だけが生きている。いわば、世界そのものを身体化しているのだ。
草木を詠ってもそこに自ずと激しい自意識が滲んでしまうような、観念的であった『森のやうに獣のやうに』の世界が、ここで、身体感覚を自在に伸縮させることによって、なまなましい肉感を得た。自分が世界の一部分に属してしまうということは、世界が自分の身体に属するということでもあったのだ。しかし、それは決して優しく安定した世界ではない。これまで見てきた歌にあるとおり、粘りのある強烈な不安につねに揺れ動く世界なのだ。

たつぷりと真水を抱きてしづもれる昏き器を近江と言へり
わが胸をのぞかば胸のくらがりに桜森見ゆ吹雪きゐる見ゆ
水の呼吸(いき)苦しくあらむびつしりとさくらはなびら井戸の面(も)覆ふ
今叫けばば今駆け出さば桜森どうと吹雪きて吾を飲み込まむ
花の奥の白闇むざと陽にさらしさくらは総身ふるはせて立つ
『桜森』

一首目と二首目は言わずと知れた初期の代表歌だが、実はこの二首も、自然のものに身体感覚を持たせる、この時期の河野独自の汎母性に支えられているのではないだろうか。琵琶湖に自らの身体を重ね、琵琶湖とともに自らも水を抱くのである。そこには、当時、転居先の東京から近江を懐かしく恋しく思ったという気持ちの嵩があふれている。二首目、のぞきこんだ胸の暗がりに桜の森を見る。桜が白く吹雪いているのは、自身の情念の激しさであろう。これら二首は、河野の身体感覚と母性という歌の系譜の頂点に輝くと言っていい。その後の三首は、先ほどの二首目を含む連作「花」に入っている。この連作は、岡本かの子の「桜百首」や馬場あき子における鬼の歌の影響がかなりあるが、ここに引いた連作後半の歌のように、桜や森に身体感覚を持ち込むことで、強い官能の世界へと誘っている点が独自である。産むという個の体験から出発した思想は、汎母性から身体感覚へ、身体感覚から官能へ、官能から再び性のイメージへと美しい循環を遂げるのだ。また、その裏に、母権豊かな古代への志向があったことも忘れてはならない。

もちろん「いのちを見つめる」は画期的な文章であったが、こうして歌集を読んできて思うのは、「いのちを見つめる」で考察した汎母性を自ら実践し、さらに汎母性を身体感覚と繋げ、深めてゆくことによって、それ以上の高みに到達しようとした、その表現上の苦闘こそが、初期の河野の本当の財産ではないかということである。観念や思想ではなく、表現において、生と性を深めていったということに心を打たれるのだ。

五、自意識の息苦しさ

これまで見てきたように、汎母性と身体感覚が自然の世界に向けられたとき、そこに発生するねばねばと不安な言葉の空間は、『ひるがほ』と『桜森』で河野が得た新しい魅力であった。一方で、その強烈な身体感覚が、自分自身や家族に向けられたときには、どこか息苦しい歌になってしまうという面もある。以下は、吉川宏志「身体意識の深化―河野裕子とその時代Ⅱ」（「短歌」平成十五年二月号）からの引用である。

二十代の河野は、たとえばこのように恋をする身体の感覚を自由におおらかに詠んだ。しかしそれが夫婦と子という閉ざされた関係へ向けられたとき、愛憎によって増幅され、煮詰まってしまったのではないか。自分の身体に自分がのめりこむという、一種の自家中毒に近づいている。『桜森』には、若い家族のぎりぎりの関係が詠まれており、息詰まるような緊迫感がある。しかも、家族の間でどんな出来事があったのかという状況をほとんど説明せず、身体に関わる言葉だけ（「肉」・「肩」・「唇」・「乳房」など）を頼りに詠いきっている。これはみごとな力技だが、これ以上続けると袋小路に陥ってしまう危うい試行でもあったのである。

吉川はこのように、『桜森』の河野について、身体感覚が夫婦と子という関係に向けられたときに歌が閉塞してしまう危うさを指摘している。実際に歌を追ってゆくと、確かに、自身の感覚というか濃い自意識のようなものに溺れそうになっている歌が多くある。

びろびろと臆面もなき耳ふたつ今日幾人にさらし来しかな　『ひるがほ』
ほのかなる影とし思ふ真夜さめてみづからが掌を額にかざす
秋の日の鏡の奥処ひいやりと閉ぢ開きする瞳孔が見ゆ
もの暗きわれの在処(ありど)よ月光の半ば及べる湯に膝を抱く

自己を凝視する歌は第一歌集から多くあったが、『ひるがほ』以降もそれはひっそりと詠い続けられている。一首目、耳たぶのびらびらした感じを恥じて「臆面もなき」などと強い言葉で言い切っているところに、自意識の過剰さが出ている。二首目は静かな歌だが、夜中に自分の掌の影をじっと見ているというのは不思議な時間である。影のほのかさは当然、自分という存在の心細さへ通じてゆく。

この髪膚われを包みてわれとなすこのぐにやぐにやの湯の底のわれ　『桜森』

昏のみが昏れ残りゐる鏡面に肉熱く苦しきわれは近づく
とかげのやうに灼けつく壁に貼りつきてふるへてをりぬひとを憎みて
ここより他に坐る場所あらぬ狭く狭くおのれを限りこの血研ぐべし
きりきりと絞りし弓とこたへむに肉を越ええぬわれの寒さは

『桜森』

『桜森』になると、自己への視線は一気に脂ぎって激しいものになる。一首目、髪と肌に包まれることで自分は「われ」になるのだという思い切った言い切りに対し、下句はどこか脱力感があり、自分の得体の知れなさに途方に暮れている印象だ。二首目のように、「鏡」を通して自己を問う歌もあいかわらず多い。三首目、ひとを憎む自分をとかげに喩えてしまう自意識にもまた、凄まじいものがある。次の歌は、すべてが自分の血に収束していってしまうような、息のつまる感じだ。「ここより他に坐る場所あらぬ」という思い込みの強さによっても自分を閉じている。こうした歌を読んでいると、強烈な自意識が輪郭の濃さとして出てくるという面はあるにせよ、どうしても何か閉塞したものを感じてしまう。

君を打ち子を打ち灼けるごとき掌よざんざんばらんと髪とき眠る
頰を打ち尻打ちかき抱き眠る夜夜われが火種の二人子太る

ひき寄せて左右（さうほ）の火あかり　子らのみが冬沼のごときわが日日照らす

育児の歌は、とにかく打ったり抱いたりと迸るような勢いがあって、特に「ざんざんばらん」というオノマトペのよささなどはまぎれもない。ただ、一首目にせよ二首目にせよ、子を打ったあと眠りにつくときに河野が噛み締めているのは、わが子への思いではなく、自分自身の火照った自意識ではないだろうか。河野は、かつて岡本かの子の歌を「子を抱きつつ子を突き抜ける、エネルギーのほとばしり」と評して、かの子の歌の核にはつねにかの子自身の存在感と型破りな情熱だけが残っていると書いたが、それは、かの子について語りながら自己を語る言葉でもあった。『桜森』の子育ての歌は、子と関わる自分自身の情熱をもてあますような歌であることが多い。

子がわれかわれが子なのかわからぬまで子を抱き湯に入り子を抱き眠る　　『桜森』
真日向のあかるさあまりにふかければ野遊びの子を声出して呼ぶ
身一つにありし日日には知らざりき日向にても子を見喪ふことを
花の蜜吸ひにのぼりし二人子をたちまち隠せり日向の椿
しらかみに大き楕円を描きし子は楕円に入りてひとり遊びす

また、子の輪郭を何度も確かめずにはいられないような、どこか心細いこうした歌も印象に残る。どんなに明るいところにいても、子を見失ってしまうのではないのかという不安がある。自分と外界を身体感覚を通じて行き来し、自他の境界が曖昧な河野にとっては、きっとわが子の輪郭も危ういものなのだろう。そこに存在していることをつねに確かめずにはいられない。それは、純粋な子どもの歌ではなく、自分自身の焦りと不安の歌のようでもある。

『ひるがほ』と『桜森』の二歌集において、河野はその時代の空気と実人生の変化に揉まれながら、特異な身体感覚を深め、汎母性によって生命や自然界に繋がろうとした。その一方で、自意識の不安という沼からはなかなか足を抜けずにいる。これは、原始的で、肉感的で、はりつめて静かなのに、物狂おしく混沌とした作品世界である。

参考文献

・河野裕子『体あたり現代短歌』本阿弥書店（平成三年）
・河野裕子ほか「歌うならば、今」而立書房（昭和六十年）
・大島史洋『河野裕子論』現代短歌社（平成二十八年）
・阿木津英『二十世紀短歌と女の歌』學藝書林（平成二十三年）
・阿木津英『折口信夫の女歌論』五柳書院（平成十三年）

・天野正子ほか編『フェミニズム文学批評』岩波書店（平成二十一年）
・天野正子ほか編『母性』
　＊以上二冊は「新編日本のフェミニズム」シリーズ、岩波書店（平成二十一年）
・『〈同時代〉としての女性短歌』河出書房新社（平成四年）
・篠弘『疾走する女性歌人』集英社（平成十二年）
・古谷智子『河野裕子の歌』雁書館（平成八年）
・「塔」河野裕子追悼号（平成二十三年八月号）

第三章　『はやりを』『紅』

一、はじめに――中期河野の曙

河野裕子は時代の流れのなかで、また日常の起伏のなかで、そのときどきの自分にとって最も切実な表現を果敢に選び続けてきた。しかし、その根底にはつねに変わらぬ内面のテーマ、例えば、生命の温みや存在の原初的な混沌、不安といったものが蠢いている。文体的にはかなり揺れが激しいが、それは、自身の内部にこみあげてくる衝迫感と、自らが呼吸する時代の空気に対して、真っ直ぐに向き合った結果なのだろう。人生の豊かな時間をつねに表現の糸に織り込みながら歌を作ってきたのだ。

今回取り上げる第四歌集『はやりを』と第五歌集『紅』は、特に大胆に変貌する時期の歌集である。やや古典的な叙情を柔らかく格調高く詠いあげた『ひるがほ』、裡なる混沌に繋がる「母性」を見据え、身体感覚で世界に喰い込んでいった『桜森』。『森のやうに獣のやうに』に始まる初期三歌集の自意識の息苦しさは、次第にほどけ始め、不思議に広い歌の境地をひらく。

ブラウスの中まで明るき初夏の日にけぶれるごときわが乳房あり　『森のやうに獣のやうに』

わが胸をのぞかば胸のくらがりに桜森見ゆ吹雪きゐる見ゆ　『桜森』

服の中に入り来し風がやはらかく惑ひゐるなりほの暗くして　『はやりを』

例えば、こうして似通ったモチーフの歌を順に並べてみると、変化がよくわかるのではないだろうか。一首目では、初夏の陽射しにけぶるような自らの若さを慈しみ、寂しみ、二首目は心理的な昂揚感を身体感覚に溶かして幻想的に詠いあげている。「胸」や「見ゆ」など細かい震えのようなリフレインも印象的だ。いずれもいい歌だが、自己愛と美意識のはりつめた世界だとも言えるだろう。

それに比べ、三首目の『はやりを』終盤の歌はずいぶんのびやかで素っ気ない。緊張した文体から、ほどかれた健やかな文体へ。そこには、時間の流れを孕んで深い寂しさも加わってくる。今回は、変容しつつある作品世界を丁寧に読みほぐしながら、これまで見てきた自己凝視の視線や身体感覚、家族との関係性といったテーマが、どのように引き継がれていくのかを考えてみたい。

第四歌集『はやりを』は、昭和五十九年の刊行である。このとき河野は三十八歳。五十五年に『桜森』が出てから五十九年一月までの歌を収録している。『はやりを』の時期の河野には、日々の作歌の他に二つの大きな仕事があった。一つは、五十五年の『燦』（短歌新聞社）と五十七年の『あかねさす』（沖積舎）という二冊の自選歌集を世に送り出したことだ。

この自選歌集のために、河野は三十代にして早くも自身の歌の蓄積をじっくり振り返る機会を得たことになる。

そしてもう一つ、いわゆる「女歌の時代」、「シンポジウムの時代」であったこの時期、河野は夫の永田和宏とともにその企画や討論の中心人物であった。特に女性の若手ばかりで女歌の可能性を議論した五十八年の名古屋での「女・たんか・女」と、そこから発展した翌年の京都での「歌うならば、今」は熱気溢れるシンポジウムとして短歌史に記憶されている。年譜を追っただけでも、この時期の河野のめまぐるしい活躍ぶりには驚かされる。この「シンポジウムの時代」を背景にした歌が多いのも、『はやりを』の眼目だろう。

第五歌集『紅』は平成三年の刊行だが、収録されているのは昭和五十七年から平成元年までの作品で、収録歌数はこれまでで最多の五九三首である。『はやりを』上梓後の昭和五十九年から二年間、家族はアメリカ東海岸メリーランド州で日々を過ごしたが、この経験が『紅』のひとつの軸となっている。アメリカ国立癌研究所に客員准教授の身分で招かれた夫・永田和宏を追って、家族で移り住んだのである。

ちなみに、この時期の河野が京都新聞で連載した「ワシントン郊外みどりの家の窓から―河野裕子の家族通信」は、後にエッセイ集『みどりの家の窓から』(雁書館)にまとめられた。家族のアメリカでの暮らしぶりをいきいきと伝えている。

『紅』は、Ⅰ章が渡米前、Ⅱ章はアメリカでの暮らし、Ⅲ章とⅣ章は帰国後の歌と、四つの章に分けられている。八年間という、比較的長い期間の歌が収められているが、この間に河野はいよいよ四十代に入り、二人の子どもたちも十代半ばを迎えることとなる。日本人としてアメリカで暮らした経験と子どもたちの成長などを背景に、『紅』は起伏ある一冊となっている。雑多で、読んでいて飽きるということがない。

二、「味はふ」ことへの意志

空むざとまつ青なれば棒立ちのこのべらばうな寂しさは何
憎しみに火脹れてゐる夜ぞ迷ひ来し蟻のひとつもわれに触るるな
はがねなす論理の閾よりせり出して貝肉のやうに傷つきてみよ
今はつしと打ちたるところうち割れて水は瞬時にその緑(あを)さ見す
脱皮とは一気におのれを裂く力背をたち裂きて蟬がおのれ生む

『はやりを』の前半から読んでいこう。この歌集の序盤は、いまだ『桜森』の自意識の沼の延長にあって、鋭く細く研がれた神経質な歌が目立つ。もしかしたら、こうした歌のはりつめ方は、若くして自選歌集を出したりシンポジウムに盛んに主張したりという、歌人としての日々の緊迫感とも関係があるのかもしれない。とにかく一首一首が力投なのだ。

一首目の「空むざとまつ青」や「棒立ちのこのべらばうな寂しさ」という言葉の過剰な畳みかけ方や、二、三首目のような強い命令形によって非常に過敏な自己を打ち出している点がそうだ。自然に向かっても、四首目のような緊張した形となって出てくる。「今はつしと」という鋭い初句から「打ちたるところうち割れて」の小気味よいリズムへと滝のように流れ落ちる文体が印象的だ。水を素手で打ち叩けば水の色が変わるということ。水という存在と力いっぱい対峙している。五首目は蟬の脱皮を見つめる歌だが、上句はその現場を超えて普遍的な意味を匂わせる。「たち裂きて」や先ほどの「うち割れて」など、複合動詞によって意味を強めたり、「むざと」や「はつしと」のような擬態語で強調したり、この時期の河野はとにかく言葉の過剰な畳みかけによって歌の強度を増すことを試みている。だから当然、一首のなかに語が多い。韻律的にも小刻みで、どちらかと言うと、硬くせっかちな文体になっている。

ただ、『桜森』における、自らの身体感覚をもってじわじわと世界を覆い尽くすような息苦しさとは少し違って、引用歌からもわかるように、『はやりを』前半ではもっと力まかせな観念によって対象に迫ろうとしている。これまでにはなかったような箴言風の歌が増えるのも見逃せない。過剰な観念性が突き抜けて、さらに大きく歌が変化するのは歌集後半を待たねばならない。

　　こゑのみは身体を離れて往来(ゆきき)せりこゑとふ身体の一部を愛す

眼を閉ぢてこゑを味はふああこゑは体臭よりも肉に即くなり

『はやりを』という歌集を語るとき必ずと言っていいほど指摘されるのは、「こゑ」というキーワードである。一首目、本来目に見えない声を身体の一部と捉える感覚も独特だが、重要なのはたぶん上句の「往来（ゆきき）」という言葉だろう。手足や生殖器など身体の他の部位はどんなに相手と接触しても結局は自分の身体を離れられないのに、声だけは身体を離れて浮遊する。相手の内部へ潜り込んでゆく。そういうふうに人と人の間で親密に往来する声は、肉感豊かで官能的だ。二首目の「眼を閉ぢてこゑを味はふ」も、声の官能性に身を任せている感じだろうか。

では、『はやりを』でこうした「声」の歌が急に湧き出てきたことにはどんな意味があるのだろうか。前回、前々回と見てきたように学生運動や前衛短歌、土俗の思想などさまざまな背景があるにせよ、初期三歌集の河野が盛んに詠んだのは「血」や「肉」であった。それがだんだんと「声」への偏愛に移行してゆく。つまり、原始的な生命観のもとに人間の生身同士の交わりを求めていた初期の河野が、「声」という人と人の間にある距離や繋ぎ目のほうへ意識を向けたのだ。河野自身の発言を引いてみよう。

・一方的に私は子供に働きかける側であった。主体はいつも私。それが、子供は自分のボールを手にして投げ返し始めた。その確かな手ごたえ。ボールが飛んで来る距離を測りつつ、一球一球の気まぐれとも思える変化を、母親という場所に居て感じ、受けとめる。

（「短歌」平成二年七月号「子はすんすんと」）

・私たちの時代は読者と作者の間に共通の理解があったと思うんです。私の第一歌集にはやたら「血」ということばが多いんですね。

・七〇年安保の前夜だったから時代自体が熱かった。ものすごい熱気があったわけで、そういう熱気のなかで「血」ということばを使うと、それにリアリティがあったわけですね。

・読者の顔が想定されたから、作りやすかったわけ。だから、自分を励ましながら強い歌が作れた。思い切り自分の歌のことばに体重をかけて、自分の生身の体以上に体重をかけても、ことばがそれにこたえてくれたようなところがあって、そういうようなやり方でずっとやってきた。つよい歌を、自分より大きな歌をってね。ところが、それが五〇年代の始めごろから、ずいぶん様子が変わってきたなあって実感しました。それは、読者があまり想定できなくなったということも一つあるし、ことばに自分の思い入れをあまりかけることができなくなったということもあるし、一首に完結性をもたせて、かっこよく作るのが何かウソくさくなってきたんですね。

（以上、「短歌」平成二年七月号の鼎談「女流歌人の時代か」）

こうして見てみると、河野の変容の背後には、共通認識が薄れつつあった時代の空気と子どもの成長という、二つの大きな問題があったことがわかる。「生身の一体感」から「関係性」へ。この移行の延長に、「血」や「肉」という原始的な関心から「こゑ」への移り変わりがある。一人の身体と分かちがたく密接でなまなましい血や肉と違って、声は自分と相手の間の空間を自在に行き来する。この風通しのよさ。

こういった「こゑ」の歌群をばねにして、『はやりを』後半では、もっと対象との関係性をたっぷりと玩味しようという余裕があらわれてくる。

ことば、否こゑのたゆたひ　惑ひゐる君がこころをわれは味はふ
月暈のにじむがごときわがこころ今宵の鬱をしばし味はふ

この歌集のもう一つ大切なキーワードは「味はふ」という言葉ではないかと思う。相手との関係性や自分自身の負の部分をも含め、人生で直面するさまざまなものを大らかに味わおうという姿勢が打ち出されるようになる。『ひるがほ』や『桜森』で強く鋭く自意識の苦しみを掘り下げ尽くした後に、子どもの成長と時代の要請もあって、生活や人生の旨味をのびやかに味わうという新しい心境へ達したのだ。

血の絆あるもあらぬも家族らの濯ぎ湯ざぶと往来に打つ

藪入りの家族九人の夕飯のあはれたへなるわやわやがやがや

真剣に子を憎むこと多くなり打つこと少くなりて今年のやんま

たつたこれだけの家族であるよ子を二人あひだにおきて山道のぼる

例えば、家族の歌。初期には「血」というものの意味にあれほどこだわっていた河野が、一首目では思い切りよく「血の絆あるもあらぬも」と言ってのける。いきいきと、そして飄々と濯ぎ湯を打ち捨てる。二首目、『はやりを』の時期の河野は夫の家族と同居したり、夫子とともに自身の実家に暮らしたりという日々を送っていた。大家族の夕食の騒々しさを「あはれ」とか「たへなる」と言ってしまうのが実に痛快だ。「あはれ」や「たへなる」という語に纏わりつくイメージをいったん解体してやろうという意志もあったのかもしれない。ひらがな表記で歌の空気がほどけてゆく感じも効いている。家族の騒々しさを全力で楽しんでいる。

『はやりを』には意外なことに子どもを詠んだ歌はそれほど多くないが、三首目は印象に残った。「君を打ち子を打ち灼けるごとき掌よざんざんばらんと髪とき眠る」(『桜森』)のように、生身の一体感で子を抱きしめたり打ったりしていた頃から時が流れ、やがて子は一人の人格として母親に対峙するようになってきた。関係性の歌への移行である。斬新なのは「今年のやんま」という柔らかく放り投げるような一首の締め方だろう。従来の、結句までしっかり詠いあげる作り方とは一線を画す。こんな結句の在り方にも、生活や相手との関係を軽やかに味わおうという意識があらわれているのかもしれない。

四首目はよく引かれる歌だが、夫、自分、息子、娘というたった四人のささやかな家族がまぎれもなく自分だけの家族であるというほのかな歓びと誇らしさが感じられる。「たつたこれだけの家族であるよ」と自分に語りかけるようなのんびりした口調が、こみあげる思いを伝える。

雨ふらぬ梅雨の宵宵はつしはつしと口争ひの女男(めを)のたのしさ
べらばうに食ひゐる幸綱箸とめて不意にギラリと人を量る眼
あからひく午前三時よびしびしと男盛(をざか)りの体力熱き湯を浴ぶ

『はやりを』でとりわけ刺激的なのは、周囲の男性たちを詠んだ歌だろう。河野は「あとがき」で、『はやりを』という歌集名について「この歌集制作時、私は周囲に幾人もの逸雄たちを見、鼓舞されることが多かった。そして、思うのであるが、男であっても、女であっても、逸雄の荒駆けのできる時期は、そう長いものではないのである」と解説している。熱烈な「シンポジウムの時代」であった当時、歌人同士の精神的な交流は今考えるよりはるかに濃密なものであっただろう。

　夫や周囲の男性を詠んだ歌では、男性という生き物が自分の近くにいることを心底純粋に楽しんでいる。一首目の「はつしはつしと口争ひの女男」というどっしり構えた威勢のいい詠いぶりや、二首目のような人物描写が実にいきいきしていて魅力的だ。三首目、当時京都大学の無給の研究員であった夫・永田和宏との暮らしは相当に多忙で厳しいものだったが、そのぎりぎりの日々を「びしびし」「男盛りの体力」など言葉によって楽しもうとしている。

　そうした日々において、自身は「菜も魚も肴素材いろいろ楽しくて男らに背を向け流しに向ふ」、「生活の具体がもてる煩雑さいきいきと張りつめて捌きてひと日」などの歌にあるように、男性たちとは距離をとって、一家の刀自として向かう生活の煩雑さを面白がっている。現実の面白さだ。

　初期三歌集では、自身の病や中絶、親友の死という出来事とともに、抗いがたい死への心寄せがあったが、『はやりを』ではそういった生死の混濁した幻想的な世界から一歩離れている。抽象的にも具体的にも、死のイメージは『はやりを』には薄い。この世にあることの根源的な不安や別の時空にぐにゃっと捻れるような奇妙な感覚というのは『紅』以降ずっと詠われてゆくが、『はやりを』の河野は、現世の煩雑さのなかに騒がしく生きることの味わい深さのほうに傾いている。そういう意味では、観念の鋭さやくっきりした現実を強く押し出す『はやりを』は、河野裕子の歌業のなかで異質の一冊と言えるかもしれない。

紫陽花のふふむ雨滴を揺りこぼす言はば言葉がすべてとならむ
語らずなほも語らずそのひとの寡黙の舳先にわれは夜の海
繊き雨疎林にあかるく降りてをり十年過ぐれば追憶はしづく

『はやりを』はその名の通り力ずくで疾走する鋭角的な歌集だが、こんな静かな奥ゆきを持つ歌もあるので、最後に引いておきたい。一首目、私たちが心に感じる感情や感覚というのは、とても複雑でわけのわからない熱を持っている。でも、言葉にしてしまったとたんに、言葉がすべてになってしまって、微妙な部分やわけのわからない熱量は伝わらないこともある。それでも人は、言葉に依って生きている。ある諦念と寂しさを感じつつこれから相手に何かを伝えようとしている、その震えるような力の堆積が、紫陽花の雨滴を揺りこぼすという仕草に繋がっていったのだろうか。シンプルだが、箴言風の下句と上句の美しい景が響き合って奥ゆきを出し、痛みのある一首だ。

二首目は初句の字足らずが振り子のように二句目を導き、不思議なリズムを生む。自身を相手の沈黙を包み込む夜の海として位置づけ、大らかな相聞歌。言葉の問題に深く潜る二首である。三首目は結句「追憶はしづく」が思い切った表現。十年も経てば、記憶は雨の雫のように儚く断片的で、透きとおったものなのだ。記憶がぽたぽたと明るく降ってくる心の風景はただただ美しい。

自意識の森を駆け抜けた初期から一転、自分が笑ったり苦しんだりしているこの人生という器を、深々と味わう。でも、味わうためには対象との間にほんの少しの距離をとらなければならない。そうすると、初期には見えなかった底暗い寂しさもまた見えてくる。味わうことの裏には、新たな痛みがあるのだ。腹式呼吸のようなゆったりした豊かさと、過ぎ去る時間に対するしみじみした寂しさの表現は、中期から後期の河野の美質のひとつになってゆく。

三、身体感覚の行方――渡米前後

自が影を見つつ泳げりはじまりも終りも知らぬ生が過ぎゆく
ほのぐらき膝のあたりに花菖蒲ふとしも触れて雨やみをりしかな

第五歌集『紅』をひらくと、渡米を控えた第I章の歌は『はやりを』の騒がしさや鋭さから離れ、一時的にほのかに落ち着いている。どちらかと言えば、『ひるがほ』に通うような静謐で美意識の強い世界である。このあたりに、「静」と「動」を激しく行き来する河野裕子の姿があらわれているのだろうか。アメリカへ渡ると決まってから改めて日本の暮らしや日本語を見つめたことで、何か意識の揺れがあったのかもしれない。

一首として改めて引きたくなるほど突出した歌はそれほどないが、引用歌一首目のようなやや俯瞰的な静かな歌も出てくる。人は当たり前のような顔をして毎日を生きているが、実は生の始まりも終わりも知らない。気づいたらいつのまにか生まれていて、いつ死がやって来るのかもわからない。底知れぬ不思議に包まれた生が、いま自分を泳がせている。プールの底に映る影を見つめながら泳ぐ姿は、茫洋とした生にせめてもの間向き合う。

三匹のチビねずみよろしく入国す黄色きリュックあたふた負ひて

さて、第Ⅱ部はこんなチャーミングな歌で幕を開ける。先に渡米して働く夫を追って、小学生の息子と娘とともにいよいよアメリカへ入国する場面である。右も左もわからず、西洋人に比べ小柄な自分たち親子を「チビねずみ」と喩えるところに、戯画的な魅力がある。さらに、黄色いリュックをあたふた背負うという具体的な場面の鮮やかさ。でも、一番注目したいのはやはり「よろしく」という言葉だ。「〜よろしく」などという言い回しは、短歌ではなかなか見ない。ここが「チビねずみのように」だと、一首はそれほど面白くないのではないだろうか。「チビねずみよろしく」という、自ら嬉々としてチビねずみを演じるかのようなユーモアと身ぶりの大きさがこの歌を生きた歌にしている。アメリカでの日々が、こんな剽軽な一首で始まることも、中期河野裕子への移行を考える上で象徴的と言えよう。『はやりを』後半以降の意識の変化が生んだ歌である。

母国語の母音ゆたかにあはれなり子らの音読を葱きざみつつ聴く

宵空が雪に翳りてゆく今を熱き掌のごとき日本語が欲し

ひらがなでものを思ふは吾一人英語さんざめくバスに揺れゆく

雪の夜をほほづきのやうに点しつつあはれ北米の小家族なり

午後長し子らが居らねば子らのやうに土に円描き踞みてをりぬ

アメリカでの歌は、歌数自体はそれほど多くない。「日本人が日本人がといふ自意識に私やせるなよ言葉やせるなよ」など、異国に暮らす日本人の自分を励ますような歌はあるものの、異国の生活や文化に触れて驚くというような典型的な「海外詠」はほとんどない。

ではどんな歌が特徴的かと言うと、今まで何度も指摘されてきたことの繰り返しになるが、やはり日本語を恋しく思う歌だろう。一首目、土曜日だけ日本語学校に通っていたという子どもたちが、教科書を音読している。子音の鋭い英語に囲まれた暮らしのなかで、日本語の母音の豊かな響きに気づかされ、懐かしく感じたのだ。

二首目もそういった懐かしさの続きにあって、日本語を「熱き掌」と喩えているところに共感できる。氷点下二十度というメリーランド州の寒い空の下で、日本の母音の温かい手触りを求める。作品やエッセイにも書き残されているが、日本語の響きに飢えて、夜ごと子どもたちと古事記や日本書紀の読み聞かせをしていたそうだ。三首目は「ひらがなでものを思ふ」という把握が新鮮。アルファベットの軽さでも漢字の硬さでもなく、ひらがなの柔らかい曲線で考えごとをするのが日本人だという発見である。河野は英語圏に日々を過ごすことで、日本語や言葉のさまざまな質感を確かめなおす。実に河野裕子らしいこだわり方だと思う。

四首目、日本とは違うアメリカの広大な風土で、雪の夜の闇と寒さはどんなものだろうか。そんな夜は鬼灯のようにそこだけ家をとっぷり灯し、灯りのもとにささやかな家族四人が集まる。家族の繋がりを詠む歌は、渡米前とそれほど変わっていない。

では、アメリカ時代に新しく出てくるのはどんな歌だろうか。

黒人がひとり入り来てかつきりと小麦畑の点景緊まる
炎天のアクセントつよき構図なり黒人五人が赤土搬(はこ)ぶ
おし渡る夜のいかづち二度三度聖堂の屋根を角度変へて見す

こんな歌に目がとまった。広々とした小麦畑に一人の黒人が入ってきたことで、風景の点景がその黒い一点に決まり引き締まった。炎天のきんきんと白い景に、五人の黒人が土を運ぶ姿が強いアクセントとなる。黒人が背負わされた歴史も思わせて味わい深い歌だが、いずれも絵を鑑賞するかのように構図的に風景を捉えている点が斬新である。三首目も同様で、何度かピカッと雷光が光ったけれども、雷光の角度によって聖堂の屋根がさまざまに照らされる。「点景緊まる」、「アクセントつよき構図なり」、「角度変へて見す」など、やや硬くかっちりした言葉の運びにも、景を構図的に捉え描写しようとする意識が垣間見える。日本にいる時期の河野の歌にはまったく見られないタイプの歌であり、アメリカの風土がそうさせたのかとも思うと興味深い。

枯野には常に大きな日なたあり行きてその緩き搏動を聴く

足指のあはひぢりぢりと広がりて石負ふ黒人は歩み始めつ

もう一つ、身体感覚を自分の身体の外に延ばしてゆく歌にも目を向けたい。かつて『桜森』での河野は自らの裡の母性を足場として、身体感覚を自然界にまで広げていったが、その歌は「水の呼吸苦しくあらむびつしりとさくらはなびら井戸の面覆ふ」や「花の奥の白闇むざと陽にさらしさくらは総身ふるはせて立つ」など、きわめて官能的で息づまるような緊迫した空気を湛えていた。

それが『紅』では、非常にすこやかに自然や他者に移入するようになる。言ってみれば、『桜森』の身体感覚が河野自身の母性的な心理や荒ぶる自意識の反映であったのに対して、『紅』の身体感覚はあくまで何か「もの」や「人」を凝視しているうちにふとその内部にすべりこんでしまったような、自意識の沼を経由しない軽やかな移入なのだ。

一首目、広大な枯野には心臓のように明るい日なたがあり、緩やかに拍動しているという。「行きて」あたりにゆったりした時間経過が見られ、気持ちのいい歌だ。二首目は、上句の描写がなまなましくて記憶に残る。重い石を背負っているために、十本の足指でしっかり地面を踏みしめないと歩けないのだ。下句は客観的な文体だが、上句は自分の足のことを言うかのような口ぶりだ。黒人の身体のなかに自分が入り込んでしまったような感覚で詠んでいる。

『桜森』の「子がわれかわれが子なのかわからぬまで子を抱き湯に入り子を抱き眠る」に始まり、ずっと後の「このひとのこの世の時間の中にゐて額（ぬか）に額あてこの人に入る」（『母系』）まで、河野には他人の内部に入り込んでしまう歌の系譜がある。やがてその系譜のなかで、自分自身をぱっと出たり別の時空にぱっと入ったりする奇妙な世界が生まれる。「お嬢さんの金魚よねと水槽のうへから言へりええと言つて泳ぐ」や「わたくしはもう灰なのよとひとつまみの灰がありたり石段の隅」（ともに『歩く』）といった不思議に突き抜けた魅力のある歌である。これらの歌も、やはり『桜森』のような自意識の反射としての感覚移入ではなく、「もの」を見るうちにふっと内部に入ってしまったような『紅』由来の感覚であろう。

ぽぽぽぽと秋の雲浮き子供らはどこか遠くへ遊びに行けり
ぴたぱたとゴムざうり鳴らして歩む子のはみ出しし踵(かかと)土を感じゐる
たら山のたらの木林のたらの芽がみなこつち向きどんつくどんつく

河野裕子の特質のひとつとされるオノマトペ。そのオノマトペもまた、身体感覚の延長だと言っては言い過ぎだろうか。一首目の「ぽぽぽぽ」は秋の雲の明るい軽さに対する視覚的把握であり、二首目の「ぴたぱた」は聴覚、三首目の「どんつくどんつく」は触覚的、視覚的な捉え方だろう。いずれも、認識や思考ではなく、身体まるごとで感じとった直感的な部分をずばっとつかまえてオノマトペにしているのだ。アメリカ時代と帰国後のオノマトペの歌は、どれも楽しい。

四、ヒロインを降りて——日常と諧謔

中期の河野裕子が、「たつぷりと真水を抱きてしづもれる昏き器を近江と言へり」（『桜森』）のように「短歌らしく」詠いあげる作風に「嘘くささ」を感じ始め、次第に、後に小池光の言ったところの「立つ歌」から詠いあげない「寝る歌」へ移っていった（「短歌」平成二十一年九月号、小池

光「生の発散」）という流れは、今や河野裕子論の前提となっている。ここでは、主として帰国後の第Ⅲ、第Ⅳ章を中心に、河野がどのような経過をたどって「立つ歌」の地平を降りたのかを考えてみたい。

まず一つには、時代背景があるだろう。『紅』は昭和の終わりから平成へと移る時期の歌集である。戦後四十年を経た社会の経済的繁栄を背景に、カルチャースクールや新聞歌壇への投稿などが隆盛を迎え、短歌はぐんぐんと裾野を広げつつあった。

これから短歌はどこへ行くのかという混迷のなかでライトバースが巻き起こる。若者に広く影響力を持っていた岡井隆の後押しもあって、ライトバース短歌は一気に注目されることとなった。仙波龍英『わたしは可愛い三月兎』（昭和六十年）、中山明『猫、1・2・3・4』（五十九年）などが出た後、六十一年に俵万智が「八月の朝」で角川短歌賞を受賞する。古風とも言えそうなごく平凡な女性の恋愛を、軽やかなタッチと新鮮な口語会話体で表現して話題をさらった俵は、翌年に第一歌集『サラダ記念日』を出版。明るさ、優しさ、軽さを希求する時代の空気と合致して、歌集としては空前のベストセラーとなった。さらに、加藤治郎『サニー・サイド・アップ』（六十二年）や穂村弘『シンジケート』（平成二年）など、ライトバースに留まらぬ作風の展開を見せる実験作が相次いで世に出る。

河野がアメリカから帰国したのは昭和六十一年の初夏、ちょうど俵万智の角川短歌賞受賞とほとんど同時だった。河野にしてみれば、ようやく日本に帰ってきたら歌壇はすっかりライトバースの渦に巻かれ始めていたわけで、さぞや驚いたことだろう。

河野　だってやっぱり歌らしくうたいあげるってのが、どうも嘘くさくなってきたということでしょうね。ちょうどアメリカから帰って来たときに俵万智の歌が流行ってて、あれにはびっくりした。自分はすごく保守的になって帰ったわけでしょう、日本語にたいして。こんな素晴らしい日本語がありながら何でこんな贅沢な日本語の使い方をするのか、なんて。それが一つあった。けれどもやはり同時代の空気というものを自然に吸いながら、それに馴染んでいくわけね。どうしても。アメリカで自由な人間をいっぱい見てきて、身構えることがアホらしくなった。もうやんぺ、地のままで行こうと思った。『桜森』のころなんか目いっぱい頑張っていたもんね。身の丈より大きくて強い歌を作るのが、生甲斐みたいなところがあったでしょう。

（三枝昻之『［討論］現代短歌の修辞学』）

平成四年に記録されたこの発言に滲むのは、俵の歌の作り方自体にはそれほど共鳴できないものの、俵と共有する「同時代の空気」やアメリカでの経験によって、自身の作歌姿勢に生じてきた変化をそのまま受けとめようという意志ではないだろうか。『桜森』のような「身の丈より大きくて強い歌」ではなく、力まず地のままの歌を作っていこう、と。そこには、等身大の日常に潜む面白さなどの歌の内容面だけではなく、当然のことながら文体面での変化が伴ってくる。

ちょっと寄り道して第二歌集『ひるがほ』をひらくと、そこには「鯖の頭下げて戻れるゆふぐれを塩つぱく寂しき雲流れゐる」や「嘘ばかりつきて帰れば家の裏あつけらかんと冬の星座ある」というような歌がある。二首とも何でもない場面で、「塩つぱく」ののびやかな体感や「あつけらかんと」の開き直ったような口ぶりは、実は中期の河野に通じるものがあるのではないだろうか。河野の歌はつねに静かな場所と激しい場所を行き来している。だから、「地のまま」の歌というのも突然変異的に出てきたわけではなく、はるか以前からその芽はあったのだ。その芽は、『はやりを』後半の歌群とアメリカでの日々を経て、帰国後の歌において華やかに開花することとなる。

むらむらと性来の気性がそそのかす啖呵ひと太刀にこの京ことば　『はやりを』

日日の水流し米磨ぎ飯たきて面白やわれに刀自(とじ)の貫禄いよよ

子の友が三人並びてをばさんと呼ぶからをばさんであるらし可笑し

良妻であること何で悪かろか日向の赤まま扱(しご)きて歩む　『紅』

『はやりを』から『紅』への文体の変化を考える際に面白いのは、まず最初に、自分自身を見つめる歌において文体の改革が見られることである。一首目下句の小気味よさ、二首目の「面白や」から「貫禄いよよ」へ渡る威勢のよさは、これまでの河野にはなかったものだろう。語彙はもちろん、結句の閉じ方も新鮮だ。動詞で余韻深く詠いおさめることを避けて、かと言って平板な名詞止めにもならず、独特の諧謔味を残して詠い終えている。三首目も、子の友達に「をばさん」と呼ばれる自分を、やや距離をとって鷹揚に笑う。三首とも下句が字余りで、定型で詠いあげたときに来る短歌らしい充足感を破壊しようとする衝動が見える。

次の歌は『紅』から。「季刊　現代短歌雁」五号（昭和六十三年一月）に発表された当時から、「しっかりと飯を食はせて陽にあてしふとんにくるみて寝かす仕合せ」とともに批判を浴びた一首である。今さら良妻賢母などと言っている場合じゃないというフェミニズムの立場からの批判のほか、例えば岩田正によって「品位・抒情・調子すべてに低く、これらは河野裕子の名を冠するに価しない」（「歌壇」昭和六十三年十月号）などと厳しく非難された。

しかし、この歌は、シンポジウムの時代に盛んに叫ばれたフェミニズムへの違和感の表明であり、品位や抒情の揃った従来の「短歌らしい」短歌へのアンチテーゼでもあったのだから、これらの批判はそもそもあたらないだろう。「良妻賢母」などという言葉は忌避されるべき死語というイメージが強いが、世間一般の風潮にあえて逆らってみよう、あえて異質なものを取り入れてみようという、挑戦的な狙いが河野にはあったのではないだろうか。「何で悪かろか」には、京都訛りの口語と文語が混ざったような独特の勢いがある。どっかりと開き直った自分を、ちょっと遠くから面白がって眺めている。下句の懐かしい手触りにも、心理的な余裕があらわれているのだろう。

前々回述べたように、河野には自己を外から見つめる視線が初期から一貫してあった。その河野が、意識していたのか無意識だったのかはわからないが、文体の改革をやはり自己凝視の歌から始めたということは記憶に留めておきたい。ただ、『はやりを』と『紅』における自己凝視の歌は、従来の内省を深く深く掘り下げるような繊細で鋭い歌とは、かなり性格の違うものになってきているると言えるだろう。『桜森』の「ここより他に坐る場所あらぬ狭く狭くおのれを限りこの血研ぐべし」などの苦しさからは遠い、もっと余裕ある自照の視線が出てきている。

時代の空気とアメリカでの経験を養分として、河野は何でもない日常の面白さをますます大胆に繰り出してゆく。このとき気になるのは、従来の短歌とは異なるこうした詠い方やそれに合う新たな文体を、河野がどこから吸収してきたかということだろう。と言うのも、『紅』以降中期の河野に見られる口語や会話体を取り入れた文体は、俵万智らライトバースの若手たちのポップで乾いた文体とはかなり異質なものだからである。

これまで中城ふみ子、葛原妙子、小野茂樹、馬場あき子などからの摂取や影響を見てきたように、河野はその時期ごとに、つねに先行する歌人を強く意識しながら歌を作ってきた。誰かの作品世界や文体から刺激を受けつつ、そこから独自の息遣いでさらに歌を太らせてゆく。河野はそういうタイプの歌人なのだ。

そして、『紅』の時期のモデルとしては、やはり小池光を挙げたい。小池の第三歌集『日々の思い出』は昭和六十三年刊行で、制作時期はちょうど『紅』と重なっている。当時の小池光は、「ボールペンはミツビシがよくミツビシのボールペン買ひに文具店に行く」(『鴇色の足』昭和六十三年)の奥村晃作らとともに、「ただごと歌」や「面白短歌」の歌人として賛否両論を巻き起こしていた。六十二年に創刊されたばかりの雑誌「季刊　現代短歌雁」上の作品連載以降、河野は小池が初期の繊細な作風を離れて切り開いた新たな歌に注目していた。昭和の終わりから平成初めにかけて、河野はいくつかの雑誌や新聞で時評を担当していたが、その時評のなかで信じがたいほど頻繁に小池の歌を引いている(時評は評論集『体あたり現代短歌』に抄録)。

・日常茶飯の阿呆らしいほどありふれた事柄の切り取り方に、私は注目し、共鳴したのである。でっちあげたドラマより、ありふれた日常の方が、謎があってふしぎで面白いんだよ、と言っているかのような気軽なタッチもいい。(「短歌現代」昭和六十三年七月号)
・『日々の思い出』の中の小池光は、終始一貫して、かっこよくない中年役を演じ続けている。かつての小池光は『バルサの翼』の中で、「いちまいのガーゼのごとき風立ちてつつまれやすし傷待つ胸は」と詠う繊細な翳りをおびた青年であった。しかし彼は、ヒーローとして歌を歌らしく作ることからおりてしまった。突出したヒーローであることや、らしさの嘘くささを、いち早く見抜いてしまったのだ。

（「短歌現代」平成元年四月号）

河野は、小池の『日々の思い出』を、真面目に深刻にヒーローとして詠いあげる作歌姿勢を嘘くさく感じ、もっと煩雑な日常の面白さをもって従来の「短歌らしさ」に風穴を開ける試行と捉え、共鳴したのだった。そこにはもちろん、真面目さや深刻さを恥ずかしく感じてしまう時代、軽さや遊びが求められた時代の空気もあっただろう。小池光『日々の思い出』（A）と河野裕子『紅』の歌（B）を比較してみよう。

①A　遮断機のあがりて犬も歩きだすなにごともなし春のゆふぐれ
　さしあたり用なきわれは街角の焼鳥を焼く機械に見入る
B　宿題に倦み始めしかへこへこと下敷ならす音二階よりする
　冬日ざし淡く満ちゐる子の部屋にビー玉はじくなどしてしばらくを居り
②A　なまぬるき冷し中華をひとり食ふいま馬のごときわれと思ひて
　こはれたる洗濯ばさみのわたくしは畳のうへに三たび踏まるる
B　新聞紙かぶりて寝をり裏山がゆつくりと息するを身に感じつつ

わが顔によその誰かの顔がきて勝手に齢をとりゆく気配

わが犬のドヂな次郎が溝に落ちわれはころびて下駄を落せり

③A デパートにわれは迷ひぬ三匹の金魚のための沙(すな)を買はむとして

大きくなつたら石鹸になるといふ志野のこころはわれは分らず

B 勉強せぬ息子に腹立て家出せりかたつむり二、三個ひろひて帰る

押入れを寝ぐらにしてゐるこの息子押入れくさく朝ごと降り来

①の歌群では、何事も起こらない日常を詠うことによって、かえって日常の不気味さや味わいが浮き彫りになっている。「なにごともなし」や「さしあたり用なきわれ」と言いながら、これらの歌の遮断機や犬、焼鳥を焼く機械のくっきりと奇妙な存在感は尾を引く。河野の場合も、何も起こらない日常を切り取っている点は似ている。ここには、従来の短歌が抱えていた抒情や深刻そうな感情の緊迫はまったくないが、下敷を鳴らす音やビー玉をはじくという動作が入ってくることで、なまなましい日常の質感が伝わる。

②はいずれも自分自身をコミカルに戯画化した歌。ぬるい冷やし中華を啜る自分の無表情や食欲の在り方を「馬のごときわれ」と詠い、畳に寝転がって家族に何度も踏まれてしまう自分を「こはれたる洗濯ばさみ」に喩える。どちらもすこぶる面白い。河野の一首目、新聞紙をかぶって昼寝す

る姿の描写も、気取らない自分をあえて戯画的にさらけ出しているといえるのではないだろうか。裏山の息遣いを感じとる身体の感覚が詠みこまれるのが河野らしい。二首目、齢をとってゆく自らの顔を鏡で見たとき、何だか自分の顔ではないような「よそ」の気配、違和感がある。寂しい内容ではあるが文体はまったく深刻ではなく、放り投げられた結句が軽やか。三首目はほとんど漫画のようなしょうもなさを、あえて一首にしている。河野は、小池光の『日々の思い出』について「ヒーローとして歌を歌らしく作ることからおりてしまった」と分析するが、河野自身もまた、『桜森』までは力いっぱいに踏みしめていたヒロインの位置から降りてきてしまったのだ。

③については、子どもとの関係のなかで立ち上がる父親像、母親像の歌と言ったらいいだろうか。家で飼っている金魚のために砂を買おうとデパートを彷徨い、大きくなったら石鹸になりたいと言う娘の得体の知れなさに戸惑う父親。ここにあるのは、ヒーロー的な、あるいは一家の家長としての父親像ではない。どちらかと言うとなよなよとした、それゆえに現代的でリアルな父親像だ。『紅』からの二首も、息子との関係が面白い。腹を立てて家出し、しかしかたつむりを拾って帰るというところに独特の母親像や家族関係の味わい深さが出ている。二首目は反抗期の息子を捉えているが、「押入れくさく」が何とも言えずリアルで楽しい。ちっとも深刻な雰囲気がないのだ。深刻ではないが、日常のなまなましい悲哀が滲んでいるから読み応えがある。

人間や日常の何でもない面白さをどう詠うかという点で、『紅』と『日々の思い出』には通じる部分がある。さらに、文体や表現の面ではどうだろうか。

④A　衰へのみえたる芝のやさしくて手をつけば素足になれと芝が言ふ
　　起き出でてみれば気まぐれ金魚かも畳のうへに死んでゐやがら
　B　山道のひそひそとせるこの感じ犬の次郎と分け合ひ歩む
　　家猫のおまへに日ごと吹きこむは大きくおなり賢くおなり
⑤A　真昼間の寝台ゆ深く手を垂れて永田和宏死につつ睡る
　　小池さん死んでゐるぜと言ふこゑのささやき過ぐる職場あきかぜ
　B　その男永田和宏を会衆となりて眺むるはほどよく愉快　　この歌のみ『はやりを』
　　バスタオルの大きな向日葵腰に巻き今宵三十九歳の亭主が歩む
⑥A　空隙に「あはれ」を嵌めて了(をは)りたるちやぶ台のうへの推敲あはれ
　B　まだ動く下二句のうへ二枚羽のトンボエンピツころがして寝る

④は、口語や会話体を取り入れた歌。「素足になれと芝が言ふ」や「山道のひそひそとせるこの感じ」など、双方に、自然との対話のなかで口語的な気分が芽生えている。小池の金魚の歌では、詠嘆の文語終助詞「かも」と下句「畳のうへに死んでゐやがら」という突き抜けた口語との落差に

目を瞠る。「死んでゐやがら」などのどこか懐かしい男気の感じられる独特の口語は、「何でい、へつちやらでい　ガワガワの外皮立てゐるキャベツの畑」（『庭』）など後年の河野にもしばしば見られる。⑤は人物名や固有名詞の面白さ。

⑥のような「メタ短歌」的なものも双方の歌集に出てくる。小池の歌は、「あはれ」を嵌めて推敲を完成させたと言いながらこの歌自体の結句にも「あはれ」を嵌めているあたり、ブラックジョークのような一首。従来の短歌で「あはれ」にこめられてきた詠嘆のイメージを解体して、笑い飛ばしてやろうという挑戦だろう。河野の場合はそれほど飛ばした歌ではないが、やはり作歌の場面そのものを詠んだ歌。「二枚羽のトンボエンピツ」が、河野らしい懐かしい温みのある把握であろう。

「シンポジウムの時代」を背景に、当時の河野は同世代の、特に男性歌人を意識することが多かった。こうして読んでいくと、その中でも特に注視していたのはやはり小池光ではなかったかと思われる。何も起こらない平坦な日常を、余裕とユーモアをもって詠う。それによって軽やかにあらわれるなまなましい生活の手触りを大切にする。さらに、小池光を意識しつつも、河野の視点は小池ほど冷めていないことが先ほどの比較からも明白だろう。聴覚や嗅覚などの体感を詠みこんだり、子や犬猫との心理的な距離が近かったり。そこに河野裕子らしさが出てくる。滋味深い体感と湿度の高い口語・会話体表現を、河野独自のものとして育てていったのだ。

五、日常の向こう岸

風呂場には風呂場の幽霊がゐるらしく湯気の向うが馴染みの感じ

いつしんに包丁を研いでゐるときに睡魔のやうな変なもの来る

梅酢甕のぞきゐるときヒヒヒヒと心霊波のやうに来ぬ妙な感じが

幽霊もまばたきするのか何か斯うひつそり白いゑんどうの花

寝ねぎはの意識のほのかな暗がりに校舎の窓を誰かあけゐる

日常の諧謔味や文体という面では小池光など同時代から影響を受けながら、一方ではその日常が突き抜けたところに河野が独自に育んだ感覚もある。湿り気のある独特の口語を交えながら、日常をはみ出てしまう奇妙な世界を詠むこれらの歌が、『紅』で最も魅力ある部分ではないだろうか。

一首目は湯気や湿気や闇でもやもやしている浴室独特の空気感をユーモラスに詠んだ歌で、懐かしくも愉快な印象を受ける。結句「馴染みの感じ」などという、ちょっととぼけたようなフレーズの破壊力。二首目、包丁を研ぐのに夢中になりすぎると頭がのぼせてきて、途中でふっと意識が飛んでしまう。「睡魔のやうな変なもの」のなまなましさが言い得ている。三首目も同じような系列の歌で、暗い甕をのぞいているときにふっと感受してしまうあの「妙な感じ」。その寒気のような一瞬の感覚を指して「ヒヒヒヒと心霊波のやうに来ぬ」というのは、大胆不敵としか言いようがない。どれも激しく破天荒な歌ではあるが、決して想像や幻想ではないところがまた面白い。「風呂場」、「包丁」、「梅酢甕」などいずれも日常を起点として、日常をはみ出してしまう超現実的な気配を感受しているのだ。

このように、本来ならば言語化しにくい微妙な気配や感覚を歌った不思議な歌は、このあたりから増えてくる。河野の場合、日常の面白さをたっぷり味わうという姿勢の延長に、日常に潜むシュールな感覚をごく自然に摑まえているといった趣だろう。それは、いま引いたようないかにも奇妙な歌ばかりではなく、一見何の変哲もない自然詠にも見られるのだ。『紅』の帰国後の歌で、自然を詠んだものを挙げてみよう。

錆び溶けて木肌の一部となりてゐる小さき鋲見て柿の側過ぐ
裏やぶの風しづまりて竹の葉の一枚一枚が大きく見ゆる
桟ごとに月のひかりは及びつつ戸障子かつきりと夜ふかみゆく
跨がむとわがせしときに陽が翳りふいに扉（ひ）のごとく水たまり閉づ
はんの木の林のむかうにひつそりとはんの木の影ならびて昏るる

例えば、こんな歌はどうだろうか。一首に登場するのはごく日常的なものばかりだけれど、どこか不気味な、怖ろしい感じを受ける。錆び溶けて柿の木肌の一部になった鋲をちらっと見やって通り過ぎる。ただそれだけのことなのに、言葉にすると妙に気味が悪い。「柿の側過ぐ」という結句の後の空白に、読後の脳裏に、この腐った鋲がいつまでも残る。二首目、風が吹いている間は揺れていた竹の葉が、風が静まったとたん静止してしまう。すると、葉の一枚一枚がなぜか大きく見える。ふっと異様な感覚に引き込まれてしまう。三首目も同じで、障子の桟のひとつひとつに月光が伸びてくる景のあまりにもくっきりした夜の奇妙さを捉えている。どの歌も何でもない場面のはずなのに、視覚と言葉のズームアップが利きすぎているために、何か異様なものを目撃してしまったような感じがあるのだ。

幾つになつても癒えぬ寂しさこのままに老婆になつてしまふのだらうか
そら豆をみしりみしりと嚙みながら猫の老婆のやうに雨を見てゐる
名もない父名もない母が老いてゆく淋しいぬくとさの裏木戸くぐる
家の外で見ればひよろんと髪長くあざやかにあり少年期終る
あと何年共に住むのかゆつくりと子らの机を陽がすざりゆく
物干しよりひと冬見てゐしひばの木を今日ぬくければ犬と見にゆく

また、日常の時間とは別のところで、ひどく遠い時間を感受してしまう歌もいくつかあって気になる。一、二首目のように、『紅』には「老婆」という言葉が頻繁に出てきて、いまだ四十代前半でありながら、老いや遠い時間への意識が一挙にあらわれ始める。三首目のように父母が老いてゆく歌、四、五首目のように子どもがどんどん成長してゆく歌などが特に胸を打つ。

「そら豆をみしりみしりと嚙みながら」、「淋しいぬくとさの裏木戸」、「子らの机を陽がすざりゆく」など、帰国後の河野が日本の時間の温みをじっくりと体感している様子も伝わってくるだろう。六首目のように、長いスパンの時間をゆったりと見つめる歌もある。一首目に「幾つになつても癒えぬ寂しさ」とあるが、河野が繰り返し詠むこの寂しさは、存在の根源に巣くう寂しさなのだ。恋愛や出産、子育て、親の老いといった人生上の起伏から来る寂しさではない。『ひるがほ』や『桜森』にあった生命や世界そのものへの母性に由来する、どうしようもなく深い寂しさなのだろう。その深さは、日常の時間とは別の、遠い時間を敏感に見つめる視線から伝わってくる。子育ても一段落した河野は、『紅』を経てさらに広い場所へ出てゆき、その深い寂しさに向き合うこととなる。

中期の河野裕子について、何かを結論づけるのはまだ早い。第四歌集『はやりを』と第五歌集『紅』は振幅の激しい過渡期の歌集だが、言い換えれば、今後の河野裕子の芯となってゆくさまざまな魅力の芽が雑多に出揃った二冊として位置づけられるだろう。

初期の緊迫した凝視の視線は次第にほどけてゆき、さまざまに新鮮な自己と家族を肯定した二歌集。「こゑ」や自らの身体感覚が他者との間を出入りし、時間的にも今と今でない時間を行ったり来たりする。この「行き来」の感覚はこの後の河野が最も豊かに磨きあげていった資質であろう。日常の味わい深さを一首ずつ確かめるように詠いながら、そこに留まらない。いかにも過剰でありながら同時にどこか欠落しているような河野裕子独特の感受性は、ここからまた新たに不思議に茫洋とした世界を現出させてゆく。

また、文体的にはいわゆる「立つ歌」と「寝る歌」の中間を漂う時期であった。立つことを拒否しながらも完全に寝そべっているわけでもない。一首のボディに漲る力はひしひしと感じられる。漲る力をすべて出しきってしまうのではなく、結句はぽんと軽く放り投げるように終わる。余った分の力は宙に勝手に弾ませておく。そんな歌なのだ。詠いあげないが、それでいて平板にならず、結句や口語で必ず肉声的な味わいを滲ませるのが河野裕子の力と言うべきか。言葉自体にも生命の温みが出てくる。

「死者として額(ぬか)ふかぶかと宮柊二この世の涯のひと夜をありつ」(『紅』)などの静謐な挽歌があるように、昭和六十一年に師である宮柊二を亡くした河野は、二十五年間籍を置いていた「コスモス」を平成に入ってすぐ退会する。そして翌年、「塔」短歌会に入会した。次の第六歌集は、『歳月』という思い切った大きな題をつけている。中年と言うべき年齢を迎えた河野裕子は、いっそう深まるこの世の時間の寂しさを言葉のなかでどう温めてゆくのだろうか。

参考文献

・河野裕子『体あたり現代短歌』本阿弥書店（平成三年）
・河野裕子ほか「歌うならば、今」而立書房（昭和六十年）
・『〈同時代〉としての女性短歌』河出書房新社（平成四年）
・「短歌」編集部『河野裕子読本』角川学芸出版（平成二十三年）
・三枝昂之『現代短歌の修辞学』ながらみ書房（平成八年）
・河野裕子『みどりの家の窓から』雁書館（昭和六十一年）
・古谷智子『河野裕子の歌』雁書館（平成八年）
・「塔」河野裕子追悼号（平成二十三年八月号）

第四章　『歳月』『体力』『家』

一、はじめに——歌集タイトルの重さ

もういいかい、五、六度言ふ間に陽を負ひて最晩年が鵙のやうに来る　　　『体力』

眼をつむって「もういいかい」と呼びかけている間に、気づけば人生はもうこんなにも進んでいた。遊んでいるうちにいつしか日が暮れていた幼年時代の懐かしい景色と、人生の終わりを思う切迫感が切なく交差している。最晩年が「鵙」のように来るというのはどんな感じだろうか。座談会「河野裕子最新歌集『体力』の世界」（「歌壇」平成十年一月号）のなかで、この歌の背後に加藤楸邨の句「かなしめば鵙金色の日を負ひ来」があることを河野自身が明かしている。鋭い鳴き声や鉤状に尖った嘴、肉食というイメージからは、凄惨かつ哀切なものを感じる。素早く、鋭く、夕陽を負った鵙のような最晩年が来るのだ。

「最晩年が」の「が」に注目したい。試しに「最晩年は鵙のやうに来る」としてみると、微妙に違うニュアンスが出てこないだろうか。「は」の場合は、「最晩年とは鵙のように来るものだ」という箴言風の言挙げになってしまう。インパクトは強いけれど、その分やや他人事のように、あるいは遠い未来のことのように響くかもしれない。それが、「が」の場合はもっと現在の自分に引き寄せて発語しているという気がする。例えば「最晩年がもう今にも鵙のようにやって来るよ」という感

じだろうか。その数年後には「今死ねば今が晩年　あごの無き鴫のよこがほ西日に並ぶ」（『家』）という歌もある。四十代にして、「晩年」という言葉を繰り返し使っている。河野にとって、この月日はどんなものだったのだろうか。

今回は第六歌集『歳月』、第七歌集『体力』、第八歌集『家』を取り上げる。『歳月』は平成七年（制作時期は平成元〜二年）、『体力』は平成九年（制作時期は平成二〜七年）、『家』は平成十二年（制作時期は平成七〜十一年）にそれぞれ刊行された。河野の年齢で言うと、四十三〜五十三歳の作品である。平成が始まってから約十年間の歌ということでやや期間が長いが、次の『歩く』は乳癌が見つかるという大きな転換点を含むので、今回は『家』までを一括りにした。

第六歌集『歳月』にはやや古典回帰的な部分があるものの、全体には、第五歌集『紅』の自在な作風をなだらかに受け継ぎ、文体の冒険や表現の幅を拡張しようという意欲に溢れている。中期河野裕子の山場とも言える三歌集である。特に、『体力』は第八回河野愛子賞を受賞、『家』には第三十三回短歌研究賞を受賞した連作「耳掻き」が収録されている。

歌人としての河野は、昭和六十一年に師である宮柊二の死に遭い、二十五年間在籍していた「コスモス」を平成元年に退会する。そして、翌年の「塔」短歌会入会以後、ほどなく「塔」主宰となった永田和宏を支えてゆくことになる。この頃から、カルチャーセンターの講師やさまざまな短歌賞の選者、さらに平成五年七月からは「塔」選者としての仕事も加わり、多忙をきわめてゆく。作歌はもちろん新聞などへのエッセイの連載も多く、この間に「京都新聞」での連載をまとめた『現代うた景色』(京都新聞社、平成六年)や、代表評論「いのちを見つめる」を含む評論集『体あたり現代短歌』(本阿弥書店、平成三年)も刊行された。

二人の子どもたちも十代後半を迎え、やがて大学へ、就職へと日々を重ね、次第に母親の手を離れてゆく。そんな日々のなかで、河野はこの時期の歌集を『歳月』、『体力』、『家』と名付けた。ひたすらに過ぎてゆく歳月、多忙な毎日のなかで切実に求めた体力、子どもたちが巣立ってゆこうとする家。すべて、河野にとって深く大切なものだったのだろう。歌集のタイトルがそのまま河野裕子の中期のテーマとして屹立する。

二、「家」のかたちの変化

詠われている題材は、圧倒的に家族と身のまわりの自然が多い。年譜によれば、出張の夫に連れ添ってヨーロッパや中国などへも出かけているが、いわゆる旅行詠はほんのわずかしか残していない。あるいは、湾岸戦争や阪神・淡路大震災、地下鉄サリン事件などの危機に際し、時事詠をめぐる議論が巻き起こった時期にも、河野はそれらしき歌はほとんど作っていない。あえて日常的なものだけを歌に取り込んでいる。そして、しきりに「さびしさ」ということを言っている。子どもたちの成長に伴い家族の在り方が変わってゆく寂しさ、自然との交歓によって自身の肉体に湧きだすもっと原始的な寂しさ。二種類の寂しさが、この時期の作品の縦糸と横糸になってくる。まずは、家族詠から見てみよう。

身をかがめもの言ふことももはや無し子はすんすんと水辺の真菰（まこも）　『歳月』
この秋はみづがねいろにけぶる空産みたる順に子は離（さか）りゆく　『体力』
コスモスの花が明るく咲きめぐり私が居らねば誰も居ぬ家　『家』

昭和六十一年にアメリカから帰国して以来滋賀県に暮らしていた一家は、平成元年、京都市岩倉上蔵町へと転居した。以降、小さな転居はあるもののこの岩倉の地に定住することになる。思春期の子どもたちは、精神的にも身体的にもぐんぐん成長してゆく。もう昔のように、低く身を屈めて話しかけることもないのだ。「すんすんと水辺の真菰」に、背丈が伸びる速さやすこやかで飾り気のない姿が思われる。そうして育った子どもたちは、二首目にあるようにやがてこの家を離れてゆく。

この時期に最も印象的に、そして数多く詠まれているのは、息子の存在である。

母さんと呼ぶのはいつも背後（うしろ）からぼそつと部屋を斜めによぎる　『歳月』

ごつごつと異物なりけり息子とは時折帰りて飯食らふ者　『体力』

俺が俺であることが今の憂鬱と茶かけ飯食ひて息子出でゆく

金色の眼をして帰り来し息子無言なり暗がりに手を洗ひゐる

一首目、十代の少年らしい羞恥と鬱屈から、正面ではなく背後から母親を呼ぶ。表現として、「ぼそつと」は「呼ぶ」にかかりそうな言葉だが、「よぎる」にかかっているように読める。息子の存在感や動き、そのすべてがぼそっとぶっきらぼうなのだ。二首目に端的にあるように、息子は母にとって「異物」。十代後半の自意識は鋭く、さらには異性でもある。その点、娘は同性である分だけ接しやすいのかもしれない。「俺が俺であることが今の憂鬱」と口走ってしまうような、金色に尖った眼つきで帰ってくるような、それが息子の自意識である。二首目や三首目にあるように、食事以外ではだんだん家に居つかなくなる。いずれの歌も、「部屋を斜めによぎる」、「茶かけ飯」、「金色の眼」、「暗がりに手を洗ひゐる」などの描写がくっきりと鮮やかで、余計な感傷がない分淡々とした切なさがある。

漏斗（じやうご）のやうな月のひかりの底（そこひ）なる息子の部屋に息子はをらず　『体力』

さびしいよ息子が大人になることも　こんな青空の日にきつと出て行く

二人しか居ない子のまづ上の子が出でてゆきたる　歯刷子置きて　『家』

まるで漏斗を通したように、息子の部屋だけに月光が集まってくる。息子のいないがらんとした部屋への焦点化がうつくしく、欠落感が深く心に残る歌である。家を出て独立しようとしている息子への思いは、ほとんど異性への相聞歌のような色を帯びてきている。二首目は「さびしいよ」という初句切れや、字余りをしながら「こんな」や「きつと」を挿入しているあたりに、口語的な温かい肉感がある。

ぎくぎくとしたれど字には力あり履歴書やうやく子は書き終へぬ　『家』

旗雲の蒼きひのくれ息子来てグレとふ魚を料(れう)りてくれぬ

曖昧に蚊柱立ちてひぐれなり手離すのではなかつたこの子を

息子だけがこころ残りのこの世なり二階にばかり住みゐし淳が

自筆年譜によると、家を出た息子の淳は大学卒業後の平成八年、「釣の友」社に就職する。一、二首目はその前後のことを詠んだものだろう。社会人となった息子に対しても、見守ったり応援したりという手放しに前向きな歌ではなく、三、四首目のような歌が出てくる。三首目は蚊柱の立つ日暮れという懐かしくぼんやりした景に、まっすぐな下句が導かれて印象深い。四首目、まだ中年の齢である河野が「この世」という大きな枠でもって息子への心残りを述べるところに、虚を突かれる。「二階にばかり住みゐし」は、十代の息子が二階の自分の部屋に籠もってばかりいたことを受けてのものだろう。家にいてもどこにいても居心地が悪そうな、まさしく「異物」であった息子を不憫に愛しく思う気持ちがある。「異物」だからこそ関係はスリリングで、言動の予想がつかないから見ているだけで楽しく、いなくなればいっそう寂しい。読んでいて胸が痛くなってくるような寂しがり方だ。

歳月の節目節目の陽だまりに上の子のこゑ下の子のこゑ　『体力』

革ジャンパーの裡(うち)に鋼(はがね)の匂ひして十八歳とふはこんなに寡黙

十五まであと少しありうつ向けば頰のそばかすこの子桜桃(ゆすらんめ)　『歳月』

下の子はもはや十六になりぬべし踵(かかと)をあげて葉洩陽踏み来　『体力』

陽に透けて鼻梁の骨が見えるやう葉桜の下の子の細い顔　『家』

子どもを詠んだ歌の特徴として、「息子」や「娘」と言わずに「上の子」「下の子」という表現をとったものがかなり多いことが挙げられる。「息子」「娘」だとどうしても性差やひとつの家庭の枠のなかでの位置関係が強調されるのに対して、「上の子」「下の子」はもう少しフラットだ。母親から見て単純に「上の子」か「下の子」かという把握そのままの呼び方であり、息子のことも娘のこともざっくばらんに「子」として、ひとつの個性として見ているのだ。そういえば、夫のことも「夫」ではなく「君」「汝」と呼びかける歌がほとんどである。

もう一つの特徴は、これは子どもの歌に限ったことではないが、具体的な年齢が多く詠みこまれている点だろう。二首目の「十八歳」は息子、三首目と四首目は娘の年齢を言っている。一年にひとつずつ歳を重ね、確実に大人に近づいてゆく子どもたち。年月の流れの速さを痛切に感じているこの時期の河野が、年齢というものを強く意識していることがわかる。

娘を詠んだ歌はどうだろうか。先に挙げた三〜五首目に共通するのは、植物や光のイメージとともに娘の身体の部位が描かれていることだろう。特に四首目の「踵をあげて葉洩陽踏み来」など、溌剌とした若さがみずみずしく切り取られている。

浴室の磨硝子(すりガラス)の向かうに屈む子を大きな螢のやうにも思ふ　『体力』

とほからずこの子も出てゆく洗ひ髪ひろげて眠る顔わかき子も　『家』

一首目はよく知られた歌。「子」としか書かれていないが、磨硝子越しに見えるであろう肌のほの白さや屈んだ後ろ姿の丸さなどから、やはりこの「子」は娘なのだろう。裸体とはそもそも悲哀を帯びたものだが、家族の裸体はまた独特の寂しさをまとっている。「大きな螢」という儚く官能的な喩が心に深く入ってくる。

家庭の具体をもってリアルに詠まれた息子とは対照的に、娘の場合は植物や光の美しいイメージに重ねて描かれる。また、言動が活写される息子の歌とは対照的に、娘の歌ではその顔や身体に温かい眼差しが向けられている。これも、異性である息子と同性である娘への意識の差だろうか。結果的に、歌としては娘の歌は全体的に儚く透明で、どちらかと言うと実在感が希薄かもしれない。息子の歌のほうがよりなまなましく、強い印象を残す。

河野は、評論「家族詠の前線をあるく」(「歌壇」平成二年十月号)のなかで、佐佐木幸綱や小高賢の家族詠について一応の評価をしつつも新鮮さや刺激に乏しいことを指摘し、続く部分で次のように書いている。

女性たちは、技法の伝播者であるとよく言われるが、家族詠に関しては、女性の方が先を行っている。母性や家族を歌うことが良いか悪いか、肯定か否定かではないところに、表現領域を求め、そこに様々なバリエーションを試みているのが、女性の家族詠の先端である。

女性が現代の家族詠を担うのだという自負が、力強く打ち出された文章である。家族詠のバリエーションを拡張しようというとき、河野の意識は思うにまかせない息子へと向かったのだ。十代後半の息子というのは、短歌史的にもまだまだ未開拓の題材だったに違いない。

さて、もう一つ、ここに来て噴き出すように詠まれているのが母親の歌である。

動作にぶく大鍋に蓋(ふた)のせてゐるこの灰いろのひとが母なり
憂うつな母は灰いろにまだ膨(ふく)れ眼鼻おぼおぼと日向を従き来
『歳月』

年老いた母はこのように鈍く、憂鬱な「灰いろ」のひととして描かれている。暗く、血の気なく、疲れ切って、濁った存在感なのだ。『歌人河野裕子が語る　私の会った人びと』(聞き手・池田はるみ)によれば、河野がアメリカから帰国した頃、河野の母は「顔かたちが変わるくらい」のひどい鬱病になった。二首目の「灰いろにまだ膨れ」、「眼鼻おぼおぼと」といった表現からも、その深刻さが伝わってくる。

河野裕子が愛読歌集としてしばしば挙げて語っているのが、永井陽子の『てまり唄』(平成七年)である。これはファンタジーや幻想に貫かれた作風で知られていた永井が、やはり母の老いと死を契機に私小説的な領域へ踏み出した歌集である。

つくねんと日暮れの部屋に座りをり過去世のひとのごとき母親
人間はぼろぼろになり死にゆくと夜ふけておもふ母のかたへに
老母とはうすにびいろの魔のごとくやさしきものとおもひそめにき
永井陽子

もう母は死んだやうにも思はれてアギナシの池に道下りゆく
『家』
老いるとは朽ちてゆくこと睡りゐる人体必ず熟柿(じゅくし)のにほひ
この母にゆめのやうなる鰭がある陽に透けばふと老は飴いろ
『体力』

例えばこんなふうに並べてみると、河野と永井は同時代かつ同世代、同性ということもあってか、どこかに響き合うものがないだろうか。永井の「過去世のひとのごとき母親」という、はるかな時間を隔てたところに母親を実感してしまう感覚は、河野の歌では「もう母は死んだやうにも思はれて」とより直截に詠まれている。かつての元気だった母はもういない。今ここにいる老いた母は、どこか遠くのひとのように感じられるのだ。あるいは永井は「人間はぼろぼろになり死にゆく」と、母の老いという残酷な現実を静かに、痛みをもって受け入れざるを得ない。河野の場合も「老いるとは朽ちてゆくこと」という把握があるが、さらに「熟柿のにほひ」という嗅覚の強調が独自である。永井の三首目は母を「うすにびいろの魔」のようなものとして、いずれも母親の奥にしらじらと異界を見ている。河野の場合は「ゆめのやうなる鰭」を持つ者として、人間でありながら人間を離れ、夢のような鰭を持った原始的な存在へと還ってゆくのかもしれない。

雨戸あけ雨戸をしめて老いてゆく母の晩年にわたしはゐない
ひつそりとわたしの母の細い髪ぬれ縁にはさまりそよいでゐたが
ミルクティの湯気に曇れる丸メガネ　おばあさんなのだこの母はもう
『体力』

一方、これらの歌には河野独自の味わいがある。一首目、上句は月日を早送りしたような俯瞰的な捉え方。下句「母の晩年にわたしはゐない」とはどういうことだろうか。晩年の母のおそらくは朦朧とした意識では、きっと娘の私を認識できないという意味なのか。ふっと時間を先取りし、断言が悲痛である。二首目、先に引いた「ゆめのやうなる鰭」の歌に通じるような不思議な魅力があり、特に「そよいでゐたが」という過去形の言いさしが心に残る。一体、どの時点から言葉を紡いでいるのだろうか。三首目は「ミルクティ」や「丸メガネ」などの日常的な具体に温かみがあり、下句の口語が切ない。

歌集を読み進めてゆくと、息子の独立と母の老いというふたつの変化が、河野の心に影を落としていることがわかる。大切な「家」の形がじんわり移り変わってゆくことの寂しさ。その寂しさこそが、中期河野裕子の時間感覚や自然へ向かう感覚にまで波を広げてゆくことになるのだ。

三、歳月と死の遠近感

一粒づつぞくりぞくりと歯にあたる泣きながらひとり昼飯を食ふ　『歳月』
米研ぎて日々の飯炊き君が傍にあと何万日残つてゐるだらう　『体力』
書くことは消すことなれば体力のありさうな大きな消しゴム選ぶ

どれも沁みるようないい歌である。果てしない原稿の〆切を抱え、家族の変化や人間関係の緊張感もあって、一首目のように神経が参ってしまう日もある。ものを食べながら泣くときの、あのひりひりとした感覚。「ぞくりぞくりと歯にあたる」が面白く、鳥肌が立ったような鮮烈な身体感覚によって、漏れ出す感情を支えている。家族のために米を研ぐ何でもない毎日が、あと何万日残っているのか。「君」と出会ってから今日までの日々を数えるのではもはやなく、最期の日から逆算して何日残っているかを思う年齢になったのだ。一転、三首目は気力の張りきった歌で、自分自身を元気よく励ましているような感じがする。

とても心細い、不安定な精神の歌があるかと思えば、一方にはエネルギーに満ちた朗らかな歌がある。振幅の激しさゆえに人間の日々がリアルに見えてくる、そういう歌集になっている。歌のモチーフは家族や自然など身のまわりのものに限られ、決して幅広くはないが、なぜか飽きないのだ。

もういいかい、五、六度言ふ間(ま)に陽を負ひて最晩年が鵙(もず)のやうに来る　『体力』
もうすこしあなたの傍に眠りたい、死ぬまへに螢みたいに私は言はう
もうだいぶ生きたのだらう　ゆふぐれの水の鏡がしばらく無言
わが生(せい)にさんすうの時間はもうあらず三角定規で線ひくことも　『家』

「もう」という語がしばしば出てくる。今を起点にして、過去や未来にふっくらと帆をかけるように「もうだいぶ」、「もうすこし」と詠う。一般に、口語は文語に比べて過去形など時間表現に弱いと言われる。積極的に口語を取り込んだ中期の河野は、口語のなかでも特に「もう」、「まだ」、「やがて」などの時間に関わる副詞を柔らかく使うことで、口語の歌にも膨らみや切なさを滲ませている。これらの「もう」は、歳月を噛みしめているのだ。二首目は五・七・五・十二・七という大幅

な字余りだが、肉声を意識してゆっくりと読むと意外に気にならない。「死ぬまへに螢みたいに」と「に」で畳みかけている効果もあるかもしれない。口語＋字余りの緩やかな文体もこの頃から目立ってくる。

水中にうつぶすやうにさびしいと九月の日暮れ紫むくげ
布人形揉めば人形の匂ひして寒いことがさびしいひのくれ続く
たれもかれも故人のごとく思はるる卵かけごはん食ひつつをれば
『家』

生から死へ向かって一方通行で流れる歳月に対しての感慨とは別に、もっと身体や感覚に根づいた理由のない寂しさの歌も多い。水中にうつぶすような寂しさ、寒いという体感そのままの寂しさ、誰もが故人のように思えてくる寂しさ。こういった歌は確かに震えるような痛みがあるが、ぎすぎすした暗さはない。嗅覚をはじめとしてさまざまな感覚を淡く添えながら詠まれているせいだろう。どことなくふっくらした、温もりを含む寂しさなのだ。
月日が流れていってしまうことへの寂しさと、もっと根源的な、人間であること自体の寂しさ。そのふたつがクロスするあたりに、伴侶がいる。

白桃の生皮剝きゐて二人きりやがてこんな時間ばかり来る　『体力』

こまやかに黄のかたばみが咲きてをりあなたに多くの借りあるこの世　『家』

子どもたちが家を出て行った後、夫と自分だけが残った静かな未来を予感している。白桃の「生皮」という語の感触がなまなましい。二首目も、フレーズに愛唱性があって強く印象に残る。

このひとは私の夫であるゆゑにこはいよ時どき見えなくもなる　『歳月』

どこへでもあなたは行つてしまふ夜鉛筆の尖で輪ゴムを回す

このひとは寿命縮めて書きてゐる私はいやなのだ灰いろの目瞼など　『家』

でも、夫でさえ自分の不安や寂しさを簡単に埋めてくれはしない。むしろ夫であるからこそ、喪失の予感に不安でたまらなくなる。一首目、夫婦として近くに生活をしていると、近すぎるためにときどき互いを見失うのかもしれない。子の成長や実母の老いを痛感する毎日のなかで、二首目のように、夫までもがどこかへ行ってしまうことへのかすかな恐怖が湧いてくる。三首目は、科学者としての仕事と歌人としての仕事の両立のために寿命を縮めるような努力をしている夫の姿。夫の老いや死を率直に怖れている。上句は文語寄りの定型で詠い進め、下句「私はいやなのだ灰いろの目瞼など」は口語＋字余りの文体である。字余りのために早口になる部分だけが口語であり、口語の持つ切迫感が効果的に用いられている。

この世では会へざる人が増えるのみ日暮れのとんぼの数増すごとく　『体力』
人はみな何かの途上で死ぬるのか雨やみて白木蓮（はくれん）月光の中

前半生の終わりを痛切に感じている河野は、ごく自然に日常のなかで死を詠んでいる。死と言っても、初期の「死の後にゆき逢ふごとき寂（しづ）かさに水に映りて桜立ちゐき」（『森のやうに獣のやうに』）のように抽象的な、時空を超えた死とは異質のものである。「この世では会へざる人が増えるのみ」という現実を呑みこんで、逃げようのない死を思っているのだ。二首目は箴言＋景という取り合わせで詠いあげるような文体が、中期としては珍しい。

河野はどのような角度から死を見ていたか。もちろん、年老いた母への意識はあっただろう。そのほか、この時期に興味深いのは人名を詠みこんだ挽歌である。初期三歌集には固有名詞はほとんど出てこないが、『はやりを』以降は人名や地名が効いた歌が随所に見られ、次のような挽歌もその延長線上にある。

なましろくひつそりとある夜のまみづ愛子の厨(くりや)乾きてかあらむ　『歳月』

歌人佐美雄死ににけらしな大和なる魚養塚(うをかひづか)に月の光(かげ)さす　『体力』

ある日ふと死んでしまつた友の気持ち　掌を置くやうに今ならわかる　『家』

押入れに顔入れて泣きし宮柊二、折ふし思ひ四十代終る

一首目は歌人の河野愛子の訃報に接しての連作から引いた。目前になまじろく在る夜の真水と、主を失って乾ききっている台所の対比。どことなく河野愛子の作品世界を偲ぶかのような言いようのない怖さと奥ゆきがある。結句「乾きてかあらむ」のぎくしゃくとした音の運びも尾を曳く。二首目は前川佐美雄の死を受けて。「死ににけらしな」は河野としては珍しくやや大仰な表現だが、佐美雄という巨人を悼む言葉として不思議にふさわしい。すぐ後に置かれた歌「葛城(かつらぎ)の古(ふる)ひと佐美雄失せたりき今年の紅葉ぐづぐづ濁る」も、下句のイメージの迫力が佐美雄によく合っている。三首目は、『森のやうに獣のやうに』の冒頭二首目に「落日に額髪あかく輝かせ童顔のさとこさんが歩み来るなり」として登場した親友の河野里子を回想する歌。若くして自死してしまった友の気持ちが、今ならば「掌を置くやうに」わかると言う。四首目は「コスモス」の師であった宮柊二。泣くときは隠れて泣くしかなかった時代、あるいは宮柊二の人柄が偲ばれる。若い頃には思いが及ばなかったり理解できなかったりしたことも、歳を重ねるとふとわかってくるのかもしれない。こ

の時期の河野の挽歌はどれもいい。
他方で、死を詠んでこんな不思議な展開を見せた歌もある。

死は生身(なまみ)死なば死もまた死ぬるなりまみづの色の月のぼり来ぬ　『歳月』
幣(へい)そよぐ山の日の暮れわたくしが灰になる日の山の匂ひする　『体力』

一首目、死は生きたものとして生の内部にあって、そのひとが死ねば死も死ぬのだという把握が興味深い。二首目は、自分が死んで灰になる日の匂いを直観的に先取りしてしまった怖い歌。
死ははじめから生に含まれている。もしそうだとしたら、ふとした拍子に自分が死ぬ日の匂いを嗅いでしまっても不思議ではないのかもしれない。第二歌集『ひるがほ』の「子をはらむごとく謐(しづ)かに死を蔵(つつ)み馬は紫紺の頭を垂り睡る」なども蘇る。遠い時間を引き寄せてしまうような奇妙な感覚が、死を見つめる集中力のなかで芽生えてきている。自分の近くにある日常的な時間も遠くはるかな時間も、すべて混沌としている。日常の時間を遠くに感じたり、逆に遠い時間をふとしたときにとても身近に感じてしまったりする。さまざまな時間軸が重層的に響き合って、河野裕子というひとつの濃厚な世界を往還しているのだ。

四、口語がもたらしたもの――表現の拡張

第五歌集『紅』では、アメリカでの自由な暮らしの影響を受けて口語や脱力した日常の言葉が多く取りこまれた。前回は、小池光の歌集『日々の思い出』との比較を通して、初期には鋭い美意識ではりつめた歌を詠んでいた河野がヒロインとしての位置を降りて、日常の面白さや諧謔に目覚めてゆく過程を見た。『歳月』を経て、『体力』以降も基本的にはその路線が続くが、より自在になってくる。

借りものの言葉で詠へぬ齢となりいよいよ平明な言葉を選ぶ　『家』
寂しさの霊（オーラ）たなびく岡井隆ひと房の髪を掲げて帰る

「いよいよ平明な言葉を選ぶ」と歌の上では言っている。中期以降の河野は、確かに語彙は平明なのだが、その組み合わせや文体は決して単純なものではない。誰にも真似できないような力技や河野ならではの湿った温かさが息づく歌の魅力に迫りたい。

『家』から引いた二首目に、岡井隆の姿が詠まれている。平成五年から十一年にかけて、京都では荒神橋歌会（現在の神楽岡歌会）という超結社歌会が開催されていた。河野にとっては、ちょうど

『体力』と『家』の制作時期にあたる。「シンポジウムの時代」と呼ばれた昭和の末期には、河野も「良妻であること何で悪かろか日向の赤まま扱きて歩む」（『紅』）など、はっきりと自分の立場を言挙げする歌を多く作っていたが、平成に入ると時代の空気が変わる。シンポジウムなどの大きな場は勢いを失い、代わりに「歌会の時代」が来た。

そんな空気に押され、河野の一首一首も微妙に変化してくる。後に小林恭二『短歌パラダイス』（岩波新書）にまとめられた歌合せが熱海で開催され、現代を代表する歌人の一人として河野が参加したのもちょうどこの頃のことだった。

荒神橋歌会は、「塔」や「未来」の若手や中堅が集まる場であり、河野と岡井はその中心人物であった。その歌会で二人が互いをはりつめて意識し合っていた様子は、大辻隆弘のエッセイ「荒神橋歌会のころ」（「短歌」平成二十一年九月号）などに詳しい。河野自身も後年、「「岡井隆、何を言うか。それなら私も聞いてやろうじゃないの。出してやろうじゃないの」と、生意気にも、そういう気持ちで行きました」（『歌人河野裕子が語る　私の会った人びと』）と当時を振り返っている。

荒神橋歌会や岡井隆という好敵手に押しあげられる形で、『体力』『家』の時期の河野は表現の幅を勢いよく拡げていった。冒頭に引いた「もういいかい、五、六度言ふ間に陽を負ひて最晩年が鵙のやうに来る」や「いうれいの飛行機なればあをぞらに形あらはれて見えながら航く」（『家』）などの有名歌も、この荒神橋歌会に提出されたものだという。

また、当時の歌壇はライトバースからニューウェーブへまっしぐらな時代である。俵万智や加藤治郎に始まって、上の世代の岡井隆や塚本邦雄らも積極的に口語を取り入れた。ポップで軽い口語体が新鮮な波紋を呼んでいた。塚本邦雄『魔王』が平成五年、岡井隆『神の仕事場』が平成六年の刊行である。

そんな時代のなかで、河野もさまざまに軽快な表現を意識的に試している。ただ、それは若い世代の模倣ではなく、河野裕子ならではのざらざらと懐かしい口語である。

夜はわたし鯉のやうだよ胴がぬーと温(ぬく)いよぬーと沼のやうだよ　『体力』

ごしやごしやと雑木の生垣の雑言ども、やい、柴田め何か言うてみい　『家』

こんな歌がもっとも斬新な例と言えるだろう。暗闇のなかで横たわっていると、筒状の胴だけがなま温かく意識され、自分の身体が鯉のように思えてくる。「ぬー」と繰り返されるオノマトペの脱力しきった楽しさ。「ぬ」の音をぬめぬめと重ねながら、結句ではさらに暗闇と一体化して、「沼のやうだよ」と言ってのける。二首目も不思議な歌で、生垣の雑木が何やら「柴田」という人物に喧嘩を売っている。雑木から「柴」が導かれるため、「柴田」に唐突な感じはなく、「言うてみい」という独特の節回しが妙に記憶に残る。いずれも、身構えることなくさらっと詠っていながら、破格の表現と言えるだろう。

のうみつにびめうに不意に椎の花　あなたはそんな風(ふう)だつたよ
この変なリアリティは何だ、みづからを埋め来しやうな手の土の匂ひ
ほほけ陽に灰いろの猫が起きあがり長いのびをせりばあさんなんだ
誰彼にもらひし切子のグラスなり緑(あを)いなり紅いなり盆にのせゆく

『家』

口語の試行を中心に見てみよう。いずれも会話体がよく効いている。上句の「〜に」を言い募る文体と、下句の呼びかけが印象的な一首目。二首目は「リアリティ」という抽象的な外来語を取り入れているのが河野としては新鮮な感じがする。三首目、文語によって猫の動きを詠み、結句の「ばあさんなんだ」という心の声だけを口語で詠んでいる。口語文語の混合は河野の得意とする文体だが、どれも河野の肉声が割り込んできたようななまなましい読後感がある。四首目、「緑いなり紅いなり盆にのせゆく」にリズミカルな手の動きが見える。一息に詠いおろすのではなく、このように一首をいくつかの切れで分断する文体や、「や」や「よ」などの切れ字的な詠嘆をもって俳句のようにきりりと歌を引き締める文体もかなり見られる。

予診票に実母の名前を書かす欄もつさりとした名前の君江　『家』

水搔きがうつぽつぽ、うつぽつぽとよく動き池の真中に鴨が寄りゆく

薄うすと秋陽の照れる萱原（かやはら）に顔真剣な雄雉と会ふ

さまざまに口語や日常の言葉を取り入れる意識は、こんなユーモアを自然に呼びこんでくる。一首目、「もつさりとした名前の君江」に笑ってしまう。オノマトペも、例えば初期の「ざんざんばらん」などとは違って、より口語的な、現代的なものになってくる。なかでも、二首目の「うつぽつぽ、うつぽつぽ」は格別に楽しい。三首目の「顔真剣な雄雉」も、そのように見えたというだけのことなのだが、気負いがなさすぎるのがかえって斬新だ。

しかし、そんな河野に寄せられたのは必ずしも賛辞ばかりではなかった。

こゑ揃へユウコサーンとわれを呼ぶ二階の子らは宿題に飽き　『歳月』

黄の箱の森永ミルクキャラメルの白いエンゼル水運ぶ途中　『家』

例えば、三枝昻之は「歌壇」平成十年一月号の『体力』書評のなかで、一首目のような歌は「たつぷりと真水を抱きてしづもれる昏き器を近江と言へり」（『桜森』）の普遍的な力強さに比べると

内容が薄い、と批判する。「みんなが「身構える」ことを止めて、歌の言葉がどんどん平らになっている時代に、河野裕子ぐらいは趨勢に背を向けて自由にやって欲しい、という願いがある」と三枝は言う。

また、同号の座談会「河野裕子最新歌集『体力』の世界」では、小池光が肯定的な立場をとる一方で、高野公彦は、初期のような太古への時間的奥ゆきが失われた点や、「美」や「芸」を捨てて自ら歌の幅を狭めている点への批判を混ぜながら語っている。二首目のような「レトロ」な路線には、岡井隆から疑問が投げかけられた。

確かに、ここに引用した二首などはそれほど面白いとは思えない。ただ、ここまで見てきたように、口語や技法による踏みこみが成功した歌には何とも言いがたい読み応えがあるのも確かだ。表現が果敢で、一首一首が違う表情を見せてくれるから飽きない。『桜森』に近い作風の歌集はいくらでも思いつくけれど、『体力』のこの奇妙に混沌とした日常世界に似た歌集はちょっと考えつかない。脱力が、何かとんでもない奥深さを引き寄せることもあるのだ。

口語は、私たちが普段何気なくしゃべっている言葉だという意味では、文語に比べて「裸」に近いと言えるだろうが、この時期の河野が口語に傾いていったことは、アメリカの自由な文化の影響で「身構えることがアホらしくなった。もうやんべ、地のままで行こうと思った」(三枝昻之『討論』現代短歌の修辞学』)という心境に到った変化とも、おそらくリンクしている。日常そのままの面白さや裸の自分を、裸の口語で掬いあげる。
そんなとき口語は、今までの河野にはなかったようなタイプの歌をも引き出してくる。次のような、自己を批評する眼差しを持った歌である。

かじかんだ私は嫌ひ　低き陽を全身で吸ふ麦藁（ストロー）みたいに　『体力』
はしやぎ過ぎては私はいけない　夏至すぎの夜の来方が美しすぎる　『歩く』

前回までに見てきた自己凝視の歌には、このような批判的な視線はなかったのではないか。自分へ向かう視線は、当然周囲にも向かうことになる。それが、次のような歌群だろう。

死んでほしき四人の中のかの一人夢に居りしが椅子にゐ眠る　『体力』
欠詠の若きらをもはや頼まざり私にはもう時間がない　『家』
キャッチホン入りましたと電話切る歌のわからぬ生意気な奴　「短歌研究」平成八年一月号
曇り日の彼岸花の緋のたらたらと、えいもう誰にも会ひたくない　「塔」平成八年十二月号

こういった、ある種の毒気をさらけだす歌が出てくる。批判的で、やや意地悪な、偏屈な気分が

ここにはある。「雑踏を逆らひ歩むズタズタの神経となり顔つき悪く」（『家』）などの苦しさが背後にある。こうした精神の不安定さは河野の一生を通じてあったと思うが、この時期にはかなり露骨に周囲に向かって噴出している。

最後の歌以外は一首すべてが口語というわけではないが、口語的な発想や散文的な文体のものが多い。自分の感情や衝動をいったん歌の言葉として変換したり、美しく取り繕ったりしようという意識が、もはやない。家族や人間関係の揺れに戸惑い、苦しい心。そこから口語が出てきたのか、あるいは口語の力がそうした苦しみを歌の上に剝き出しにしたのか。どちらが先ともわからないけれど、興味深い一面である。

五、呼吸する世界の入れ子構造

ここまで、人生という時間のなかでの家族や「死」への眼差しの変化や口語を中心とした技法の幅広さを見てきたが、それらは言わば一応の分析が可能な部分である。一方で、河野裕子独自の「感覚」的な歌については、理性による分析を超えたところに魅力があるので、なかなか語りにくい。初期三歌集の「母性」と自意識を通じた身体感覚の深化から、アメリカ時代を経て、中期の河野の感覚はどうなったのだろうか。

ひやひやと素足なりけり足うらに唇あるごとく落椿踏む　『体力』

油のやうにたぎりて鳴ける夕蟬に耳ふかくなる水使ひつつ
金いろの蛇らが立ちて泳ぎ来るを眼のふち痒くなるまで見をり
からだなのに肘のことは忘れてゐた茅の花がふつと触れて　『家』

まず、こういった歌において身体感覚の清新さは健在である。落椿を吸いこんでしまうような素足の感覚、油のように鳴きしきる蟬の声にふっと耳が深くなる感じ、凝視しすぎて眼のふちが痒くなってくるような集中力。いずれもはっとさせられる歌である。加えて、四首目の上句のように力の抜けきった、素顔のようにつるつるした言葉運びも楽しい。

雨の夜を傘さしゆけば金だらひ徐けしばかりの土の輪郭　『歳月』
月の出にすこし間があり生烏賊のやうに垂れゐる日本手拭　『体力』
指と指のあはひの不思議な空間を閉ぢひらきして鬱の魔逃がす　『歳月』
戸袋をひらけば屈伸やはらかく昼間のものの気配出でゆく　『家』

一首目と二首目は「ものを見る」ことを突き詰めて、異様な空間に突き抜けてしまったような歌。雨の夜、金盥の跡が置かれていた部分だけ土が濡れていないという発見。それ以上は何も言っていないからこそ、静かすぎる土がリアルでちょっと怖い。二首目はシュールな見立ての歌。「日本手拭」、「月の出」を待つ時間、喩として見せ消ちされる「生烏賊」。日本的な景の懐かしさが一首にまざまざと漂う。三首目、四首目は前回も触れた、日常をはみ出す奇妙な気配を捉える歌の延長で、目に見えないはずのものを見ている。

さつきまで居りし白鷺もう居らず居らざればまたしづかなり白鷺　『歳月』

特に好きな一首で、下句の展開に驚かされる。さっきまでそこに静かな白鷺がいた。今はもういない。けれども、いない白鷺もまた静かなのだ。白鷺の不在が静かなのだ。前川佐美雄の「春がすみいよよ濃くなる真昼間のなにも見えねば大和と思へ」(『大和』)の不可視の存在感にも通じるかもしれない。「居りし」、「居らず」、「居らざれば」というさまざまな活用形で織りなされるリフレインが、存在の不思議、不在の不思議に迫っている。

さて、この時期の河野は、口語やオノマトペ、さまざまな位相の語彙を作品世界に取りこむとともに、身近な自然にこれまで以上の注目を投げかけていた。特に、動物や昆虫を観察した歌が格段に多くなってくる。

その背景には、おそらく京都市北部の岩倉の風土もあっただろう。平成九年、ちょうど『家』の制作時期にあたる頃に一家は岩倉長谷町に定住の地を定める。「この家で俺らは死ぬさと言ひながら棕櫚の徒長枝伐り始めたり」（『家』）とあるように、歌集題ともなったこの「家」は河野にとって特別な意味を持っていた。竹藪や山に囲まれた、自然豊かな古い土地で、河野の自然詠はますます自在になってゆく。

うじやうじやと生きゐることが力なり蝌蚪どもの頭(づ)混沌と黒　『歳月』

限りなく散りくる銀杏顔に触るみなひいやりとまだ生きてをり

ちよちよとこゑするやうに降りてくる雪のさびしさが二月はわかる　『体力』

ちりひりひ、ちりちりちりちりちり、ひひひひひ、ふと一葉(ひとは)笑ひ出したり神の山

脚垂らし冬蜂ひとつ泛(う)きゐるがむず痒きらし日向(ひなた)ふふふふ

この家のどこにも猫の毛が浮かびひくひくと陽に透けることあり

掌に乗せて綿虫つくづく見たるかな生毛(うぶげ)をたくさん着たる虫たち　『家』

一首目、「うじやうじやと生きゐることが力」が実に河野らしい。二首目では、動物だけではな

く植物をはっきりと「生きている」ものとして把握している。さらに三首目では、雪という無機物にも生命を見出す。この「ちよちよ」や、次の歌の葉っぱの笑い声、「日向ふふふ」など、やはりオノマトペが自在でいきいきしている。最後の歌のような、極小の虫たちへの興味も温かい。「蝌蚪ども」、「虫たち」といった親しみのこもる呼び方もこの頃から頻出する。

河野は、動物や虫、さらには銀杏や雪、山など世界のすべてを、生きて呼吸するものとして見ている。五首目のように、蜂を浮かばせている「日向」のくすぐったさを想像する。アニミズムとして括ってしまうとつまらなくなるが、アニミズムに近い思想がここにはあるだろう。

初期にも「泥ふかき沼だつぷりと尾けて来る山のゆふべの坂の暗がり」(『桜森』)など、自然のなかに感覚や意志を見る眼差しはつねにあった。でもそれは、自分自身の自意識を根とした眼差しであって、自然に対して自意識が優位にあった。それに比べ、中期の自然詠にはもはや河野自身はいない。自然のなかに、すこやかに溶けこんでしまっている。

短歌界全体に目を向けてみると、実は第八歌集『家』の頃、アニミズムは歌壇のキーワードのひとつであったらしい。総合誌の年鑑をめくると、アニミズムという言葉がしばしば出てくる。その代表は、平成七年に第六回歌壇賞によって登場し、平成十年に第一歌集『寒気氾濫』で第四十二回現代歌人協会賞を受賞した渡辺松男の存在である。

吹きつくる風のかたちとなりはてし岳樺なお生きて風受く
うむっうむっと孟宗竹の子が伸びる鬱から皮のむけてゆくなり
桜　かぞえきれない毛虫すまわせてあるとき幹をぴくぴくとする

渡辺松男

どうだろうか。岳樺が「生きている」という把握、「うむっうむっ」というユーモラスなオノマトペ、毛虫を棲まわせる桜のくすぐったさを思う感性。河野がどの程度『寒気氾濫』や渡辺の歌を読んでいたかどうか定かではないし、もしかしたら河野が先取りしていたのかもしれない。いずれにせよ、ある程度共通する思想や感覚はあるように思う。

葱どもはわが言ふことを聞かぬゆゑパキパキと折る霜の朝暁
かりそめにこの世にありて何とせう　立つたまま夢を見てゐる箒
わたくしの肘へむかしの風が吹くたんぽぽの綿ほよほよゆるび

永井陽子

また、先に挙げた永井陽子『てまり唄』（平成七年）にもこんな歌が見られる。「葱ども」という呼び方、箒の擬人化、「肘」や「むかし」への意識など、河野の歌に通じるところがあるかもしれない。

河野のアニミズム的な感性は、平成になって突然変異的に出てきたわけではないが、この時期に溢れるようにたくさん詠まれているのは確かである。野放図に飄々と自分の道を進んでいるように見えながら、おそらくは無意識のうちに時代と響き合ったり、時代を先取りしてしまうのが河野裕子という歌人なのだ。

こうした河野の自然詠は、生物か非生物かにかかわらず、あらゆるもののアニマに自分自身の生命を寄り添わせている。蜂を浮かべる日向はさぞ痒いだろうと感じるのは、自分がそれに似た痒みを知っているからだ。ただぼうっと山を見つめているだけでは、葉っぱの笑い声を聞くことはできないだろう。自分の感覚をいったん山のなかに潜りこませないといけない。

紙袋に手をさし入れて感じをりもやもやとせる袋の睡気(ねむけ)
冬瓜(とうがん)の尻かゆからむ地にすこし触れゐしところすこし湿れる
『家』

こんな歌も面白い。紙袋のもやもやした睡気や地面に触れている冬瓜の尻の痒さを思いやっている。単なる擬人化などではなく、確かな身体感覚に支えられた、もっと豊かな生命感である。世界そのものの息づかいが聞こえるような気がしてくる。

眠い眠い私のからだをひきこみて鯉だよおまへはと水が寄せくる　『体力』

3Bのエンピツは私、夢の中ひとさし指が慰めくれつ

アメンボの私の脚がまぶしいから　土曜の水面は曇つてゐてほしい　『家』

水は「私」に「鯉だよおまへは」と呼びかけ、「私」を水のなかへと誘っている。眠くてたまらないときの夢うつつのリアリティだろう。この歌で、「私」はほとんど鯉である。二、三首目ではいよいよ「人間ではないもの」への没入、もっと言えば変身が起きている。それぞれ、「ひとさし指が慰めくれつ」や「私の脚がまぶしいから」というなまなましい具体が、一首にリアルな迫力を与えている。

動植物やものへの没入感覚は、このように最終的には「私」が何か別のものに変身して、そのものの内部から発話しているという、きわめて不思議な領域に到る。そして、次の歌集『歩く』では、「お嬢さんの金魚よねと水槽のうへから言へりええと言つて泳ぐ」、「わたくしはもう灰なのよとひとつまみの灰がありたり石段の隅」（ともに『歩く』）といったより深みのある歌へと進化することになる。

犬の眼の奥にはもうひとつの眼があると気づき始めぬ三年飼ひて　『歳月』

火の気なき真昼の家のがらんどうに昼の裏山が黒く入りくる　『体力』
睡るとは眼が顔の奥に沈むことといつか全けくそのやうに死ぬ
死んでしまふ私の犬の目の中に宵よりありつ黒い針の雨
憂鬱といふ字を丁寧に書き写す　うごうごとして字の中に入る　『家』

自分自身の直接な没入や変身に限定しなければ、何かが何かの「なかへ入ってゆく」という歌はこの時期に数えきれないほど多い。とりわけ、「眼」の歌群は印象深い。後年には「このひとのこの世の時間の中にゐて額（ぬか）に額あてこの人に入る」（『母系』）という寂しく温かい一首で、死に近い母親のなかに入ってゆく。

十数年前までは「子がわれかわれが子なのかわからぬまで子を抱き湯に入り子を抱き眠る」（『桜森』）というような、自分と一体のものとしての子の存在があった。ところが、子は成長して、ついに家を出て行ってしまう。そのとき河野は、何かのなかへ、特に動植物などの豊かな生命のなかへ「入る」ことを強く意識している。そのなかに潜りこんでしまえば、たっぷりと温かく包まれる。そのように自然を詠んだ歌は、とても気持ちがよさそうなのだ。

穿ちすぎかもしれないが、この何かに「入ってゆく」意識は、息子をはじめとしたさまざまなものが「家」を、そして母親である自分を出て行ってしまうという寂しさと対をなしているように思えてくる。家族が出て行ってしまう心細さを埋めるかのように、河野自身は何かのなかへふっくらと豊かに入りこんでゆく。出て行くものと入ってゆくもの。その相反する方向のエネルギーが、この時期の河野の歌世界には渦巻いている。そのように読むと、一見ユーモラスに見えるどの歌も寂しい。

子どもたちや母を通して歳月の儚さを感じ、否応なく死を見つめ、口語の肉声によって自分をさらす日々。そのなかで、さまざまなものが入れ子構造をなして、河野の精神にどうしようもなく雪崩れてくる。つまり、生のなかに死があり、顔のなかに世界を見る眼があり、家のなかに家族がいて、あらゆる存在のなかに自分自身がいるのだ。だとしたら、『家』という歌集題は単なる住居という意味を超えて暗示的に響く。家はその内側に何かを容れて、ときには去ってゆく者もあるが、つねにたっぷりと呼吸している。

灯ともれる家にはわたしが待つことを必ず忘るな雨の桜桃(ゆすらんめ)　『体力』
死ぬるまで私は歌人か、鶴(つう)みたいに羽を抜き続けそれでもいいか　『家』

次の『歩く』の後半で、河野の身体には癌が見つかる。二首目のように歌った河野は、重くつらい現実をどう受けとめてゆくのか。次回は、今回ゆっくり触れられなかった字余りや韻律の問題も含めて、後期へと静かに渡ってゆく河野の歌を考えてみたい。

参考文献
・河野裕子『歌人河野裕子が語る　私の会った人びと』本阿弥書店（平成二十年）
・河野裕子『わたしはここよ』白水社（平成二十三年）
・河野裕子『どこでもないところで』中央公論新社（平成二十六年）
・「神楽岡歌会　一〇〇回記念誌」（平成二十七年）

第五章　『歩く』『日付のある歌』『季の栞』『庭』

一、はじめに――歌集に対する気持ちの変化

さびしさよこの世のほかの世を知らず夜の駅舎に雪を見てをり　『歩く』

五十歳を迎えた河野裕子は、「さびしさよ」とやわらかく呼びかけながら、人間の生の寂しさをまるごと受容しようとしている。諦念とは違う、もっと温かい感覚が底を流れている。生きている誰もが、この世という世のほかは知らず、この世に踏み留まっているのだ。夜の駅舎で、ぽっかりと空いた時間に見つめる雪。雪は、雨と違って音なく降るためか、視覚と聴覚がずれたような不思議な空間を生み出す。

何人かの死者を見送り、また孫をはじめ新しい命の誕生を見つめた五十代の河野の日々は、どのようなものだったのだろうか。年譜を見ると、雑誌や新聞での連載のほか、各地での講演の依頼も多くなり、歌人としての仕事は相変わらず多忙だった。また、現代歌人協会理事、三省堂の『現代短歌大事典』の編集委員、あるいはNHK教育テレビ「NHK歌壇」の選者の仕事などで、頻繁に東京へ出てゆく。その合間を縫って、夫・永田和宏の出張に同行する形で、ヨーロッパやアジアなど海外にもたびたび訪れている。

今回は第九歌集『歩く』から第十二歌集『庭』までの四冊を読んでゆきたい。

・第九歌集『歩く』
……平成十三年刊行（制作時期は平成八〜十三年）
・第十歌集『日付のある歌』
……平成十四年刊行（「歌壇」の連載「日付のある歌―暮しの日読み」をまとめたもので、制作時期は平成十一年十一月〜十二年十一月）
・第十一歌集『季の栞』
……平成十六年刊行（「季刊　現代短歌雁」の連載を中心にまとめたもので、制作時期は平成十〜十五年）
・第十二歌集『庭』
……同じく平成十六年刊行（制作時期は平成十四〜十六年）

たった四年間で四冊もの歌集が立て続けに出されている関係で、制作時期が歌集同士でかなり重なっている。河野の左胸に乳癌が見つかったのが平成十二年九月のことなので、『歩く』『日付のある歌』『季の栞』はいずれも病気以前と以後の双方を含む歌集という位置づけになり、その次の『庭』は全篇が病気以後の歌である。河野の年齢で言えば、五十〜五十八歳までの、中期後半の四歌集ということになる。

第十二回紫式部文学賞と第六回若山牧水賞を受賞した『歩く』は、前歌集『家』とほぼ同時期の歌が収められ、寂しさをしきりに言いながらも、一首一首力のこもった歌が並ぶ。『日付のある歌』は、毎日必ず一首以上作って詞書とともに掲載するという連載のコンセプトとも相まって、騒がしく、日常のおかしみを捉えたユーモラスな歌が多い。その後、『季の栞』から『庭』にかけて、歌の印象がかなり変わる。これまであった潑剌とした気力や言葉の前進力が失せ、ひたすらに静かな時間が流れるようになる。このあたりの作風の変化をどう評価してゆくか。

例えば、「短歌」平成二十二年十一月号の河野裕子追悼座談会「河野裕子が生涯をかけて歌ったもの」では、このあたりの作風について次のような発言がある。

高野　あるころ、ウソくささを排除するために平気で破調の歌を作る。それもわざと破調にしているという印象で、中期の歌はちょっと緩んでいると思う。（中略）

馬場　『日付のある歌』から、すごく緩んでいくのよ。『季の栞』『庭』あたりから。（中略）

馬場　『日付のある歌』が終わると、『季の栞』『庭』で、ガタッと歌の質感が落ちるでしょう。

栗木　このへんは自己模倣が多かったですね。

高野　最後の二冊はいい歌集ですよ。『母系』と『葦舟』。

この座談会に限らず、一般的に言っても、『季の栞』や『庭』への評価は決して高いものではない。河野裕子のすべての歌集から百首ないしは三百首を選ぶといった企画の場でも、他の歌集に比べるとちょっと影が薄い印象だ。

そんな印象の裏には、たぶん作風の変化だけではなく、歌集の編集の仕方が変わったということもあるだろう。前回触れたように、第七歌集『体力』などがその時期に作った歌のおよそ半分を捨てた、かなり厳選された歌集だったのに比べ、例えば『庭』は、その「あとがき」によれば「本歌集はこの期間に発表したもののほぼ全てを収めることにした」らしい。こうした心境の変化は、おそらく病気と無関係ではないだろう。一首でも多くの歌を歌集の形で残しておきたいという気持ちが強くなったのだ。

河野は一首の作り方について、「歌壇」平成十七年七月号の佐佐木幸綱との対談「短歌と場の関係」で、次のように言っている。『庭』刊行の翌年の発言である。

私は若いときには頭が固くて、ある種、いい歌でないとだめだというような考えでした。でも、そういうものだけが短歌じゃないよということに気がついて、総体としての自分ということでやっていこうという感じが強くなりました。（中略）歌を作る自分と自分の暮らしというものが密接になってきたような気がするんです。それまで、もっと高いところで作ろうという意識が強かったけれど、地の歌の幅の広さの中で平明に作っていくことのおもしろさを五十歳くらいから思いだした。

中期の河野裕子は、独自の口語表現をふんだんに取り込み、小池光が言うところの「立つ歌」から「寝る歌」へと移行してきた。飾らず、気張らず、平明に、日常のユーモアや言葉自体の面白さを自ら楽しむ歌である。

癌が見つかったことで、その河野の歌はどう変わったか。あるいは変わらなかったのか。次章からは具体的に、病や老いの詠い方がどんなものだったか、さらには『季の栞』『庭』の「緩み」は本当に自己模倣に過ぎなかったのか、などを詳しく見ていきたい。

二、一人のこの世

五十代に入った河野には、身めぐりにさまざまな変化が起きてくる。息子・淳は大学卒業の後就職、結婚を経て、平成十一年には長男・櫂、平成十四年には長女・玲が誕生（河野にとっては孫たちにあたる）。娘・紅は大学院に進学、後に実家を出て東京で一人暮らしを始める。河野の父・如矢は八十五歳で平成十四年に死去。母・君江にも認知症などがあって、老いや死を思わざるをえない状況である。

何よりも、平成十二年の秋、自身の左胸に乳癌が見つかった。一冊の歌集に、病気以前の歌と以後の歌がまとめて入っているため、巻末の「初出一覧」などを踏まえて慎重に見てゆきたい。

三人で高野山にのぼりし日のことを寂しい晩年に残しおくなり　『歩く』

死んだ日を何ゆゑかうも思ふのか灰の中なる釘のやうにも

倖せな一生（ひとよ）なりしとまた思ふあなたと母が心残りの　『日付のある歌』

例えば、時間を先取りしたような切なさのあるこれらの歌は、意外にもすべて病気以前のものだ。一首目、家族の思い出の一日をやがて来る「寂しい晩年」に再び反芻したいという先取り感覚がかなしい。二首目はとても怖い歌で、死者がしゃべりだしたかのように読めてしまう。時間を先取りする感覚が突き抜けてしまった感じで、下句の比喩はまるで自分が焼け残った釘であるような、何かくすぶって錆びたような身体の寂しさを思わせる。「わたくしはもう灰なのよとひとつまみの灰がありたり石段の隅」（『歩く』）や「幣（へい）そよぐ山の日の暮れわたくしが灰になる日の山の匂ひする」（『体力』）なども思い出されるだろう。三首目もどこか辞世の歌めいた表情をしていて、はっとさせられる。

河野裕子の言葉は、何気なく現実の時間を超える。ずっと先を走り抜けたり、はるか昔を漂ったり、自由自在に飛躍する。特に病気がわかる直前の時期は、先取り感覚が強く出ているように思う。

しかし、癌が見つかったあとの河野には、もはや言葉で先取りされ得る未来というものが、くっきり見えなくなったのかもしれない。病気以後の歌には、先取りの寂しさではなく、「今」現在の寂しさががむしゃらに叫ばれるようになってゆく。次のような歌は、途方に暮れた「私」の振り絞るような声が聞こえてきそうだ。

さびしさが私をどうにかしてしまふ青空の下キャベツを下げて　『季の栞』
さみしいよ　身体の中に退(すざ)れども壊れものの身体庇うてくれぬ　『庭』

一首目、よく晴れた「青空」の怖ろしさをたびたび歌にしてきた河野が、いよいよ青空の青さに追い詰められている。まるく重たいキャベツだけが、錘のように河野を地上に引き留めているのだ。

二首目は、この時期の精神のありようが顕著にあらわれた歌である。自分からどんどん外に出てゆき、周りの人やものや景色に言葉でぶつかっていった河野とはまったく違って、弱々しい。そうして逃げ込んだ自分の身体さえ、病気のせいで「壊れもの」であり、自分を庇ってはくれない。寂しさからの逃げ場もなく、さまよっている感じだ。

二人して住みゐる家にたいていは一人で帰る猫だけが居る

貼り終へし障子の糊の匂ひせり家には一人ながい午後なり

夕ごはん今夜もひとりで食べ終はり絎け縫ひのやうな時間が残る

夕刊三紙陽にぬくもるを取り込みてさてこれからも長い独りの時間

『庭』

『庭』では繰り返し、自分のことを「一人」「独り」と表現している。息子に続いて娘も実家を出て行った後なので、夫と二人の暮らしだけれど、その夫は仕事が多忙で家を空けていることが多い。「寂しさ」は初期からずっと河野裕子のキーワードだったが、ここで噴出してきた「一人」「独り」の寂しさは、河野が根源的に抱え込んでいた生来の寂しさとは、少し違うものかもしれない。病気による心細さや、家族が次々に家を出て行ってしまう寂しさが重なり合い、混ざりあって、次のような歌に結実する。

ひとりぺたんとこの世に残され何とせうひいといふほど椿が落ちる

『庭』

「ぺたんと」に、冷たい床にへたり込んでしまったような無力感が滲み何とも切ない。下句はどこか不気味な語法で、一読忘れがたい。「ひい」という声にならない声をあげたのは、「私」なのか、それとも椿の木なのか。無力感と心細さのあまり異様な空間に突き抜け、主客が混濁としてしまっている。

この世に、ただ一人。「今」の静けさを噛み締めるほかない。病気以後の歌は、読む側も胸が苦しくなってくる。

三、『日付のある歌』と病を詠う口語

『日付のある歌』は、一首単位で力のこもった秀歌があるというわけではないが、詞書と短歌の距離や、その月ごとの空気や季節感、出来事そのものの面白さを楽しむように、すいすい読める。歌集というよりは、河野の随筆を読んでいるときの感じに近い。日々が麻布のようにざらざらとした感触を持ち、そこに確かに他者の一日が存在しているというくっきりした感覚が残るのだ。「歌壇」の同時連載をまとめた永田紅の『北部キャンパスの日々』と合わせて読むと、同じ出来事が別の角度から詠われている楽しさを味わうこともできる。

十一月二十一日　晴れ　永田と紅、コンサートへ
あをじろいテレビがいつも点いてゐる斜面の隣家が足もとに見ゆ
十二月十九日　晴れ　永田、学会より四日ぶりに帰宅
からつぽの脱衣かごの前に振りむけり輪郭ぼやけて眉だけ太い
八月十六日　はれ　一日中寝込む。大文字の送り火見にゆけず
この夏に食べたる桃の数かぞへ大きな白桃に居るここちせり
頬杖をついて行儀の悪さかな大辻隆弘とわれとは常に
咳をして腰かけゐるは花山さん開けても閉ぢても不思議なまぶた

例えば一首目は、さりげないけれど、上句で隣家の人の暮らしが思われて、ちょっと侘しさのあるいい歌だと思う。詞書によって、河野が一人で留守番をしていることがわかるから、この風景が余計に沁みてくる。二首目、毎日一緒に過ごしていると見慣れてくる夫の顔が、四日ぶりに見たときにふと「輪郭ぼやけて眉だけ太い」という発見をもって感じられる。詞書と合わせて読んで、愉快な一首。三首目は詞書と歌が直接には繋がらない。ただ、布団に寝込んでいるときのほっこり包まれた感じや、京都の送り火の日に夏の終わりを思うといった、そういった一日の空気がゆるやかに一首になったという意味では、かすかな繋がりがある。四首目、五首目（詞書省略）は河野が得

意な人名の効いた歌。それぞれ神楽岡歌会、「塔」の編集会議のあった日の歌であることが詞書からわかる。大辻隆弘や花山多佳子本人を知っている読者には、大変面白い。

連載が続いた一年間、河野の身近で起きたさまざまなこと。それが、ときに内輪ネタ的な些末さに傾きながらも、なまなましく残されている。息子・淳の勤める「釣の友社」の自己破産、姪(実妹の娘)の病気、娘・紅の恋愛問題、孫・櫂の成長、母の認知症、結社「塔」の編集作業や大会のこと、各地での講演、選歌の日々など、挙げてゆけば切りがない。また、連載中に歌人の生方たつゑ、永井陽子の逝去があり、挽歌や回想の歌を作っている。

とりたてて言うほどの「出来事」でなくても、次のような「三省堂横の川」の鯉たちの歌などは、この歌集のなかで生きていて面白い。

赤き鯉がゆつたり鰭振り浮かび出づ三省堂横の愛想なき川(二月十九日)
円陣をつくりて鯉ら群れてをり橋下の暗がりよき所ならむ(同)
鯉たちはゆつくり太りてゆくだらう三省堂横の川は濁れど(五月二十五日)

三省堂の『現代短歌大事典』の編集委員となった河野は、この年、打ち合わせなどのために何度も三省堂本社を訪れた。そのたびに、この川を覗いて鯉の姿を詠んでいる。日高堯子が「短歌研究」（平成十七年五月号）の作品季評のなかで、河野の歌には「写真でいう定点観測」の面白さがあると指摘しているが、この三省堂の鯉の歌群などはまさしくそれだろう。三省堂横の川という定点から、何度も同じ鯉たちを詠む。それによって、河野だけのものであるはずの意識と記憶が、不思議となまなましい形をもって読者のなかに食い込んでくる。

信女、尼、大姉と呼ばれ拝まれて長いあひだじつと死ぬのは嫌なり

この歌にも注目した。詞書「七月二十四日　はれ、夕立ち　羽束師へ免許証更新に行く。誕生日につき夕方より永田と出町柳のＹＡＯＹＡへ飲みに」とあるように、河野の誕生日の一首。「長いあひだじつと死ぬ」という表現は、「死ぬ」という動詞を瞬間でなく長い時間で捉えていて独特だ。エッセイ「灰になる日」（『わたしはここよ』所収）で、「私が死んだら、墓も仏壇も戒名もいらない」と書いている。そのあたりの考え方から生まれてきた一首と言えるだろう。他でもなく自分の誕生日に、このような死の歌があるということに驚く。

癌が見つかったのは、誕生日からおよそ二か月後だった。

九月二十日。「夜中すぎ鏡の前で偶然気づく」という唐突な詞書の後、「左脇の大きなしこりは何ならむ二つ三つあり卵大なり」という素っ気ない歌があり、これ以降『日付のある歌』の空気が

変わる。翌二十一日に診察予約、二十二日に京大病院を受診、その日のうちに「悪性です」という告知を受けることとなる。

何といふ顔してわれを見るものか私はここよ吊り橋ぢやない
荒神橋、出町柳、葵橋、橋美しよ学生たちみんな誰も、泣きつつ帰る

告知を受けた二十二日だけで九首もの歌が残されていて、引用一首目の「吊り橋」の歌は「さうなのか癌だつたのかエコー見れば全摘ならむリンパ節に転移」という一首の後に来る。詞書は「病院横の路上を歩いていると、むこうより永田来る」とある。乳癌という診断結果を知った夫が、道の向こうから自分に向かって歩いてくる。後に河野はエッセイ「癌を病んで」(『わたしはここよ』所収)で、そのときの永田の表情が「この世を隔たった者を見る目だった」と回想している。

この歌は、下句に不思議な凄みがある。自分と相手の間にある「道」を吊り橋に喩え、その道を歩いてくる夫の表情の怯えを言っているととるのが素直だと思うが、「私はここよ吊り橋ぢやない」というある意味暴力的な言葉の展開は、そういう理の通った読みを拒むようなところがある。どこかに、「私」自身と「吊り橋」が混ざってしまったような迫力があるのだ。先に引いた「さみしいよ　身体の中に退(すざ)れども壊れものの身体庇うてくれぬ」(『庭』)などにも特徴的なように、河

野にはしばしば「身体」と自分自身（精神）を分離し、身体を精神の入れ物のように捉えた歌がある。それを思えば、「吊り橋」のようにゆらゆらと不安な身体の奥で、本当の「私」が必死で「私はここよ」と叫んでいる、という読みもできるかもしれない。相手は物理的には「私」（身体）を見ているが、その奥の、本当の「私」（精神）を直視できてはいない。そのことへのじれったさと寂しさがあるのではないか。相手から「私」（精神）に至るまでの道、身体を含めた空間すべてのことを、おそらく「吊り橋」と言っているのではないだろうか。

こうした歌を読むと、毎日一首は歌を作るという連載のさなかに、癌が発覚し、まっすぐにこういった歌を残したところに、河野裕子が河野裕子であることの証があるように思えてくる。

午後四時の手暗りにぞ現はれて二寸ばかりのひと紅鞠をつく
さびしいよ、よよつと言ひて敷居口に片方の踵でバランスを取る

その次の二十三日は一転して、ややユーモラスな余裕のある歌が並ぶ。一首目のメルヘンチックな幻視、二首目の口語のかけ声など、二十二日の切羽詰まった流れの果てに、変にゆったりした時空が広がる感じがする。このあたりの無意識的な緩急のリズムが、河野らしく、また生の在り方としてリアルでもある。

その後も、日常の暮らしに癌という非日常が馴染むまでが、静かにさりげなく描かれ、やがて十月中旬の手術を迎える。手術前後の歌は次のようなものだ。

あと何日おまへは私でゐられるのかきれいだつたねと湯にうつ向けり
体温計は振つて使ふのがおもしろい子供の頃からやつぱり今も
君のこゑ聞けどふらふらと海月(くらげ)なり陽あたる遠浅をゆき戻りして

一首目、湯船のなかで、もうすぐ手術を受ける乳房に「おまへ」と語りかける。結句以外がすべて語りかけるニュアンスの口語。病院の場面でも、二首目のような肩の力の抜けた、ユーモラスな歌が混ざってきて単調にならない。三首目は手術終了直後の歌。なかなか麻酔がさめず視界ははっきりしないが、「君」の声だけが聞こえてくる。「聞けど〜なり」と文語基調でありながら、「ふらふらと海月なり」の部分は口語的な言葉の繋げ方になっていて、力の抜け具合が海月の漂うような意識と合っている。

第五歌集『紅』の頃から取り込んできた、脱力したような口語の使い方が、このように病気を詠う際にも生かされている。病気を詠っても、過剰にヒロイックにならず等身大の歌になっているのは、やはり口語の起伏のためでもあるのだろう。

次に引くのは手術後の後遺症を詠った歌。むしろ、病気発覚前後や手術時の歌よりも、格段に苦しみや疲労が明らかで、ひどく沈んだ印象である。

風呂敷に包んで一夜(ひとよ)匿ひておきたき身体寒く痺るるを　『歩く』

ああ寒いわたしの左側に居てほしい暖かな体、もたれるために　『日付のある歌』

昏れかかる草生(くさふ)の中にひとりなりこれからもずつと胸削げたまま　『季の栞』

こゑ出でずなりしは薬の副作用こゑカサコソと戸を閉め暮らす

薬害に正気を無くししわれの傍に白湯つぎくれる家族が居りき　『庭』

刻々と記録された『日付のある歌』に比べると、『歩く』『季の栞』『庭』における病気の歌は全体的にあっさりして、他の日常の歌に紛れるようにぽつぽつと置かれている。そのなかで、とりわけ三首目の喪失感と孤独の深さに胸を打たれる。後遺症の寒気やだるさに加え、四首目や五首目にあるように、薬の副作用も相当厳しいものだったらしい。「こゑカサコソと戸を閉め暮らす」が、内へ内へと籠もってゆかざるを得ない河野の精神状態を思わせる。

この頃、薬の副作用で精神のバランスを崩し、不眠に悩まされたことは自筆年譜にも記されている。そのなかで、次のような歌には、とげとげしい「私」の内面が出ている。

嫌ひなり田舎の町内の人声はだみだみだみと裏口より来る
挨拶のつもりで言ひくる誰彼のお身体如何　もう放つといて
賢くて如才なき奴が多すぎるさういふ奴が私を踏むよ
のりしろをいつもはみ出す糊のやう、ああめんどくさいこの人の電話

『庭』

「だみだみだみと」のオノマトペ、「もう放つといて」、「さういふ奴が私を踏むよ」、「ああめんどくさい」など、下句で口語がパッと出てくる。愚痴っぽく刺々しい声が聞こえてきそうな感じで、なまなましい。前回、口語の導入と並行するように、自己や周囲への視線に身も蓋もないほど意地悪なもの、毒気のようなものが出てくるようになったことを指摘した。これらの歌もその延長にあるものだろう。ただし、自己批判の視線はあまりない。自己を相対化し、批判的に見つめるという余裕は感じられない。

生きて、老いて、病む日々。心が細く、陰険になってゆく日々。その日々をありのままに詠うとき、河野にとって口語は大切な役割を担っていたのではないだろうか。

八十年代以降、俵万智、穂村弘、加藤治郎に代表される口語短歌の波が来た。そのなかで、重厚な文語によって人間の生老病死を詠んできた近代短歌を引き継ぐ世代からは、しばしば「口語では

生老病死を詠えない」という批判があった。

その点、河野の病の歌はどうだろうか。「生老病死を詠い得る口語」の可能性を示したものではなかったか。老いの歌では、「お話のお婆さんのやう　遠近のふたつの眼鏡使ふハメになる」（『歩く』）などが、「お話」「お婆さん」といった接頭語「お」や、「ハメになる」のしゃべり言葉が生きていて、チャーミングな口語の歌。河野の口語による生老病死の歌は、現在あるいは未来の口語を考える上でも、もっと顧みられていいのではないだろうか。

四、没入感覚の変容

前回、中期の河野裕子における没入感覚の歌を取り上げた。オノマトペや身体感覚を豊かに取り入れながら、虫や植物などあらゆるものの内部へ感覚的に潜り込み、さらには「私」が別のものに変身し、その内部から声を発するような不思議な歌である。例として「憂鬱といふ字を丁寧に書き写す　うごうごとして字の中に入る」や「アメンボの私の脚がまぶしいから　土曜の水面は曇つてゐてほしい」（いずれも『家』）などを引いた。

ものの内部に入り込んでしまう歌は、『歩く』にも引き続きあらわれる。なかでも、次の二首は中期の代表歌ともなっている。

お嬢さんの金魚よねと水槽のうへから言へりええと言つて泳ぐ
わたくしはもう灰なのよとひとつまみの灰がありたり石段の隅　　　『歩く』

いずれも癌が見つかる以前の歌。一首目、「お嬢さんの金魚」は「お嬢さんが飼っている金魚」の意味ではなく、「うす暗い神の湯のなかに私なりおばあさんの私のやうな人らの中に」（『庭』）における「おばあさんの私」と同様、「お嬢さんの年頃である金魚」ととりたい。この歌は結句が面白くて、四句目までは「私」が水槽を覗きこんでいるのかと思って読んでゆくのだが、結句「ええと言つて泳ぐ」で、「私」が実は金魚のほうだったかのような衝撃がある。それでは、「お嬢さんの金魚よね」は誰の台詞なのか。主客が混然としている。一首の途中で、金魚を見ている側から見られている金魚の側へ、「私」が入り込んでしまったような不思議さ。

二首目もよく似た構造だ。「わたくしはもう灰なのよ」と言う灰と、その声を聴いている「私」という確かな主客の関係があるのではなく、やはり一首の途中まで「私」が灰そのものとなって声を発しているような感じがする。「もう灰なのよ」という言い方からは、かつてはその灰が別の何かだったことが想像され、人間が灰になるイメージなどとも響いて、とても怖い。これら二首は、河野独特の、ものの内部に入り込む歌の系譜の頂点に立つものだと言える。

脚垂らし冬蜂ひとつ泛(う)きゐるがむず痒きらし日向(ひなた)ふふふ　『体力』
この夏に食べたる桃の数かぞへ大きな白桃(はくとう)に居るここちせり　『日付のある歌』
眠たいよう眠たいようと俯むきてずぶずぶ入りゆく大きな白桃　『季の栞』

『歩く』ほどのインパクトはないにせよ、これらの歌でも河野はもののなかに入り込んでゆく。注目してほしいのは、前回も述べたように、自然やものの内部に潜り込むことで「私」がたっぷりと世界に包まれたような満ち足りた印象があることだ。「日向ふふふ」のユーモア、二首目の桃の包容感、三首目の眠たさと桃の熟れきった果肉が重なる夢のような感じに、その充足感、すこやかさはあらわれているだろう。

この満ち足りた没入感覚が、癌が見つかった以降の歌では少しずつ変化してくる。

ずいずいとそこいら辺(あた)りが昏れてゆく私は退(すざ)る小さな身体に　『歩く』
さみしいよ　身体の中に退(すざ)れども壊れものの身体庇うてくれぬ　『庭』

病気以後の苦しみを象徴するような二首だが、まず「身体」のなかに「退る」という表現の痛ましさに驚かされる。もののなかに潜り込んでいって安らかな心地を得るというのではなく、いわば世界や外部から逃げ惑うような精神の方向になっている。

「塔」創刊六十周年記念号の特集「河野裕子の歌を読む」で、『庭』を担当した花山周子は、能動的で大胆だった河野の文体が、『庭』ではやや受動に傾いていることを指摘する。その上で、自己と景色の関係の変化について次のように述べている。

> 河野は大きな景に対しても、自身の体内に取り込むように詠ってきた。近江の歌（注：第三歌集『桜森』の「たつぷりと真水を抱きてしづもれる昏き器を近江と言へり」のこと）で言えば、「抱きて」と体感的な動作を持ち込むことで、河野自身が近江であるような感覚を引き起こさせる。景以上に自身を大きくすることで、短歌という小さな器をも大きくしていたと言っていい。一方で、『庭』に登場する歌では河野自身が大きくなる事は無いのである。

そして花山は、『庭』の「ずんずんと圧しくる雲の迫力ぞじつと寝てゐる二階にひとり」や「診察室の椅子は丸椅子腕かけの無ければすとんと坐る他なく」などを引き、特に結句のあっけなさに注目しつつ、そこに「人間存在のあてどなさ」を見出している。

確かに『季の栞』『庭』の病気以後の歌には、自分より大きな自然と溶け合う感覚が見られない。

「私」は自分の身体に閉じこもり、あるいは自分より小さな存在のなかへと逃避してゆく。次のような歌を読むと、それがよくわかる。

よい天気は雨の日なりとわれも思ふ小蜜柑むきつつ皮の中に隠る　『季の栞』

ビー玉の深いみどりの中に坐るれんげ草なり淋しいときは

なまものの私はどんどん沈みゆく茶碗や箸らと洗ひ桶の湯に

竹藪がわたしの身体に入りくる落ちかけの月が暗い夜なり　『庭』

いずれも病気以後の歌。一首目の蜜柑の皮に隠れてしまおうという逃避願望も、二首目の自分をビー玉のなかのれんげ草に喩える静けさも、とても寂しい感じがする。三首目、四首目も、能動的にもののなかへ入り込むのではなく、力なくなすがままにされている感じだろう。どれも気持ちの落ち込んだ、心細そうな歌ばかりである。

花山が指摘するように、『庭』の河野は世界に向かって能動的にぶつかってゆかない。そういう意思や気力を失ってしまっている印象なのだ。自己と外部の関係が、病気の以前と以後でかなり変容している。それこそ、受動的になった、と言えるのかもしれない。

もちろん、一概に病気だけが原因だとは言えない。家族の形の変化、自身や両親の老い、結社の人間関係、日々の忙しさなど、この時期のさまざまな出来事や、短歌への姿勢の変化が重なってのことだろう。ただ、決定的な転換点となったのはやはり癌の発覚なのだと思う。外界に対して受動的になったことで、病身の河野に、新たに見えてきたのはどんな景色だったのだろうか。

五、受動性のゆたかさ

引き続き、花山が指摘する中期河野裕子の「受動性」について考えてみたい。そこにこそ、『季の栞』『庭』の歌の新しい魅力が隠れているかもしれないと思うのだ。例えば、次のような歌では、何かを受け止める側に徹することで、異様なまでに静かな時間が流れはじめている。

ひらきたる十指のあひだを通るとき風あたたかくこそばゆきなり　『季の栞』
あと幾輪残して咲き継ぐ夕顔か秋がしづかに降りてくるなり　『庭』

認識の冴えや修辞の跡といったものはほとんど感じられず、非常に平明でさらさらしている。十指をひらいたてのひらでひたすらに風を感じ、降りてくる秋の空気を感受する。自分というものを強く押し出さず、さらさらと世界に身を任せている。
こうした歌を読んでいると、河野自身の手つきや積極的な「力」のようなものがほとんど感じられない。紙の上に絵筆を握った作者が何かを描いてゆくのではなく、作者自身が紙になって、どこからか垂れてくる絵の具に身を任せている。そんな感じだとも言える。自分は無になって、そこに世界が流れてくるのを静かに、抵抗なく受け入れている。一見誰にでも作れそうな歌に見えるが、ここまで力を抜ききって身を任せることは難しいのだ。
「短歌研究」（平成十五年五月号）の作品季評で、小池光は次のように評価している。

これまで河野さんの歌は、一番に雄弁に強く自己主張してきた、それがどこかでグーッと後ろに退いちゃって、言葉が自動的に歩くのに任せるみたいな歌境が生まれてきて、それがいいか悪いか、評価は分かれると思うけれども、ぼくはすごくそれが楽しい。豊かな眺めのように思える。

『季の栞』『庭』あたりを歌壇があまり積極的に評価しなかったなか、小池光だけは「河野さんの資質が一番輝いてきた時かなと思う」とまで言っている。絶賛に近い。自己が後ろに退いて、言葉が自動的に歩くのに任せている、というのは花山が言うところの「受動性」とおそらく同じような意味だろう。

さらに言い換えれば、脱力感がもたらすユーモアや豊かさとも言える。脱力ゆえの豊かさが感じられる歌は、病気以前から目立つ。

この家の柱の木目ゆつくりとほどけゆきつつふとしも笑ふ　『歩く』
なまぬくい椎の花の匂ひしていつしてもむつかしい腹式呼吸
豆ごはんつぶりつぶりと食うてをり一粒ひとつぶ緑(あを)いなり　豆
古くなり切れて久しき電球の下通るたび念力ためす　『季の栞』
岩倉の暗い杜なり木を見上げふらふら歩くうち木のうへにゐる

何か主張したい内容や自意識があるわけではなく、ひたすらに力が抜けて楽しい。二首目や三首目は天然のただごと歌のようにも感じられる。「いつしてもむつかしい」の素朴な口調や、「つぶりつぶり」「一粒ひとつぶ」の繰り返しに、説明しがたい味わいがある。

豆ごはんの豆への執着、「念力ためす」などのややズレたような奔放さ。こういった歌を読んで、ふと晩年の斎藤茂吉を連想する。「税務署へ届けに行かむ道すがら馬に逢ひたりあゝ馬のかほ」(『つきかげ』)などの、下句のぬけぬけとした面白さ、半ば天然ボケのような緩み方は、先に引いた河野の歌と響き合うところがあるのではないか。

四十歳を超えてからやっと茂吉の歌の良さがわかってきたと語った（「塔」平成十五年一月号対談「作歌あれこれ―『日付のある歌』を中心に」）河野自身、五十代の頃はよく茂吉の歌を読みこんでいたようだ。「短歌春秋」平成十二年十月号では、「老いの歌」をテーマに、河野裕子と小池光が対談をしている。そのなかで、河野は「この体古くなりしばかりに靴穿（は）きゆけばつまづくものを」などを挙げながら、茂吉のすべての歌集のうち一番好きなのは『つきかげ』だと発言しているのが印象的だ。また、ずばり「茂吉になりたい」（「短歌」平成十六年九月号）と題されたエッセイでは、「歌はうまいだけではダメだ」という言葉に続けて、次のように茂吉の魅力を語る。

> 茂吉はうまい歌を作る。けれども、うだうだした歌も馬に食わせるほどあります。それが彼の歌に不思議な厚みと混沌を齎（もたら）している。茂吉の歌はどこをどう切ってもおもしろい。どんな風にも読める。何がなんだかわからないけれど理屈ぬきにこれが短歌だと納得させる力。二〇点の歌も一二〇点の歌も平気で作ってしまう言葉の振幅力。

どうだろうか。うまい歌だけではなく、たくさんの「うだうだした歌」が厚みと混沌をもたらし、理屈抜きに納得させる「言葉の振幅力」。これはまさに、茂吉を評していながら、河野裕子自身の作風を自解しているように見える。

思えば、この時期の河野を高く評価する小池光も、茂吉への造詣が非常に深い歌人であり、多くの茂吉論がある。小池が言う「言葉が自動的に歩くのに任せる」ことで豊かな眺めを引き出してくる歌人と言えば、まず第一に茂吉が挙がるのではないだろうか。小池は、河野裕子のなかに茂吉的な面白さを見出したのではないだろうか。

とは言え、病気前の「脱力感」と病気以後の「受動性」とは、微妙に違う世界を見せている。「豆ごはん」の豆の存在感がくっきりとあり、作者のキャラクターの面白さがあった『歩く』の世界から一転、『季の栞』『庭』にはとにかくものの存在感が希薄である。

一軒建ちの家の両脇に家は無くすうすうとせるに雲が垂りくる　『季の栞』
湧くやうに咲きゐし梅がひのくれはほかりほかりと固まりになる　『庭』

ここに引いた二首は好きな歌だけれど、この「雲」や「梅」は必ずしも一首の主人公ではないという気がする。事物の存在感が淡く、一首全体がぼんやりしている。ピントが合っていない感じだ。ものを切りとるのではなく、空間全体や空気感のようなものを捉えようとしているのかもしれない。

前回引いた「月の出にすこし間(ま)があり生烏賊(なまいか)のやうに垂れゐる日本手拭」（『体力』）の手拭いのな

まなましい実在感、「水掻きがうつぽつぽ、うつぽつぽとよく動き池の真中に鴨が寄りゆく」(『家』)の張り切った元気のいいリアリティとは対照的なのだ。

ものが淡く、遠い感じ。それは、河野の家族詠でも同じようなことが言えそうだ。

息子には小さな息子のあることがわが力なり雪を掌に受く　『歩く』

この淡き光度の中にふりむきて見つめくる君　夏至さへ過ぎた

寝てばかりゐる子が日の暮れ起きてきてあ、雪だと言ひまた寝にゆく　『庭』

順に息子、夫、娘を詠んだ歌。どれも安らかで優しい視線があるが、前回見た「金色の眼をして帰り来し息子無言なり暗がりに手を洗ひゐる」(『体力』)や「陽に透けて鼻梁の骨が見えるやう葉桜の下の子の細い顔」(『家』)などに比べると、とても淡い印象を受ける。ちょっと俯瞰的に見つめ、淡々としている。

息子は結婚して新しい家庭を持ち、娘は大学の研究室に籠もり、やがて家を出てゆく。夫は仕事が大変な忙しさで、いつも遅くに帰宅する。この時期は、母として妻として、家族と一緒に過ごす時間がぐっと減ってしまった。歌のなかの家族がやや遠い感じがするのは、そのせいもあるのだろうか。

忘れてはまた忘れゐて笑はるる母立ち尽くすガス台のまへ　『季の栞』

茹で卵むきてゐるなりつるつるに遺されし母のこころが映る　『庭』

父の死は他人事のやうにも思はるる朝雨に濡れゐるあさがほの花　『季の栞』

火葬炉のスイッチを押しき二度押しき泣かざりしかも長女のわれは　『庭』

亡き父を呼び出したがる家族たち揉めごとあれば悲しみあれば

一、二首目は母の歌、三〜五首目は亡くなった父の歌である。夫や子どもたちの歌と比較すると、もう少し現実感をもって詠まれている。それでも、「忘れてはまた忘れゐて笑はるる」というような認知症の表現、また四首目、五首目のような死者と家族の切り取り方はやや典型的で、もの足りない印象だ。

寂しさだけではなく脱力ゆえのユーモアの歌が多くあった『歩く』から、世界に対して受け身に徹することで、新たな豊かさを獲得しようとしたこの時期。ものや景色はすうすうと淡く、遠い。無抵抗な自分という器に外界を流し込み、言葉に身を任せる。それによって生まれた不思議な静けさのある自然詠は魅力だが、家族などの人間を詠った歌では、その淡さが疑問として残るかもしれない。

六、対話の文体――字余りを中心に

では、文体の面ではどうだったか。代表歌になるような目立つ歌はそれほどないが、この頃の河野は文体面で粘り強い好奇心をもって、新たな実験に取り組んでいるように見える。

高野山の雨はまつすぐに太く降るすとーんと語尾の重い感じに　『歩く』

脈絡はチグハグすれど青くさいダリアの茎の匂ひよ君は

金網にうまい具合にはまりしままタヌキボールが古りて毳立つ　『日付のある歌』

さあさあと音たてゆきし通り雨とつて返して本降りとなる

第五歌集『紅』のあたりから、河野は口語や日常の言葉を積極的に短歌に取り入れている。これらの歌も、前回『体力』『家』などから取り上げた口語表現の延長上にあると言っていいだろう。「考へるのはあしたにしても間に合ふよ厚布団にもぐれば猫も入りくる」（『季の栞』）の「間に合ふよ」のような、ごくオーソドックスな語りかけの口語だけではなく、「〇〇な感じに」「うまい具合に」「とつて返して」など、日常でごく慣用的に使われるしゃべり言葉がうまく短歌にはまっている点が新鮮である。二首目、「チグハグ」を「すれど」という文語にくっつけてしまう強引さも、奇妙に忘れがたい味を出している。

何でい、へつちやらでい　ガワガワの外皮立てゐるキャベツの畑　『庭』
まつすぐに降りくる雨はもう五月ようしやあよつしやと筍伸びる

「ごしやごしやと雑木の生垣の雑言ども、やい、柴田め何か言うてみい」（『家』）などと同じく、ものや植物が突然しゃべりだす歌も引き続き見られる。「何でい、へつちやらでい」や「ようしやあよつしや」はキャベツや筍の声でありながら、河野自身の声でもある。

たかむらの影さす家を出で入りて暮す暮しに大暑すぎゆく　『日付のある歌』
枇杷村の枇杷の木の花着ぶくれし他所者（よそもの）にまじり見上げて歩く　『季の栞』
やつとこさ歩けて歩ける足裏（あなうら）のふしぎな感じ赤ん坊くる

こういった、一首のなかで同じ語を反復させる手法にも注目した。「暮す暮し」、「枇杷村の枇杷の木」、「歩けて歩ける」という反復は、意味的には無駄なような感じがしながら、やはりこの反復によってこそ一首に力が出ている。

エプロンの袖口に嵌めしゴムの輪のほどよき締まりに午後を働く　『日付のある歌』

薄い枕に頭のかたちがへこみゐる　飯を炊かねば外は暗いなり　『季の栞』

また、一見平明でフラットな作風に見えるけれど、ときにアクロバティックな助詞の使い方もある。一首目、「ほどよき締まりに」の「に」が巧み。ゴムの輪がほどよく締まっているという事実が、事実としてだけでなく、比喩的にも働いている。「ゴムの輪が袖口を締めている、そのようなほどよい気持ちの締まり具合で午後を働く」ともとれるのだ。二首目はさらに面白く、たぶんこれは普通の語法なら「薄い枕が頭のかたちにへこみゐる」と書いてしまうだろう。「薄い枕に頭のかたちがへこみゐる」としたことで、実際には今はないはずの「頭」がまだ枕の上にあるような変な感覚が残る。

このようにさまざまな意識的あるいは無意識の言葉の試みがあるなかで、今回は特に、中期から晩年にかけて河野の歌にときどき見られる大幅な字余りの歌について細かく考えてみたい。

字余りの歌に踏み込む前に、次のような歌を見てみよう。

水張田(みはりだ)の縁(ふち)を鳥がのぞきをり好奇心だらう身体平(ひら)めて　『歩く』

発止発止と切りかへすのはもう止さう　朱いなり沁みて今年の烏瓜　『季の栞』

黒い尾をまつすぐ立てて猫帰る寒かろうよもう草の朝露　『庭』

それぞれの歌のなかで、傍線部だけが（　）でくくり得るような感じで、挿入句的なフレーズになっている。一首目で言えば、鳥が身体を平めて水張田のふちを覗いている、という内容が景の描写であるのに対し、四句目「好奇心だらう」だけが作者の感想・見解である。二首目、三首目も似たような構造で、景の描写と作者の内面のつぶやきとが、挿入句の部分で切り替わるという作りになっている。

そして、どの歌も三句切れである点にも注目したい。三句目で歌をいったん切って、第四句に、別の位相からの声を挿入してくる。第四句のところで、一首が急に膨らみを持つような不思議な感じがする。もっと言えば、鳥の姿の描写に徹する「私」と、「好奇心だらう」と心に呟く「私」という、二つの「私」が一首のなかに共存し、対話することで、重層的な膨らみが生まれる。

第四句で位相の異なる「私」が挿入され、一首が膨らむ。その膨らみ具合やリズムがもっと大胆になると、河野独特の大幅な字余りが生まれてくるのではないか。

もうすこしあなたの傍に眠りたい、死ぬまへに螢みたいに私は言はう　『体力』

前回も引いた一首。五・七・五・五・七・七のリズムで読める。自分の臨終の場面を思い描く切ない歌で、死ぬ前に「あなた」に向かって「もうすこしあなたの傍に眠りたい」と言い残したいという。上句がまるごと「あなた」に告げたい台詞の中身で、下句はナレーション的な声。上句の「私」と下句の「私」が、これも位相を違えることで膨らんでいる。

年齢のことを思へば息苦し咲き垂れてのうぜんかづらばさばさと落つ　『歩く』
しら梅がほつりほつりと語るらく月沈み月がのぼりて過ぎにし時間
跼(せくぐ)まりそら豆の皮をむきてゐるこの母はわたしを一度も叱りしことなし

すべて、ほぼ五・七・五・十二・七の字余りだ。こうした四句目の字余りの場合、通常は、あふれた十二音を七音分の時間に収めて読み下そうとするために、早口になって、切迫感が出がちなのだが、河野の字余りはなぜかそうならない。むしろ、第三句の五音とほとんど同じゆったりしたリズムでその次の五音を読める。五・七・五の後にもう一度、五音を浮遊感たっぷりに繰り返して、七・七の安定した収束へ向かう。五・七・五・十二・七の字余りではなく、どれも十二音の部分が五音と七音に分解して読めてしまうので、字余りというよりは、短歌に準ずる何か別の定型として読める。そして、やはりどれも、五・七・五（上句）で軽く切れて、その後四句目で別の位相からの言葉が挿入される形になっている。

五・七・七型のいわゆる「片歌」は、問答形式として二組一対になることで、五・七・七・五・七・七という「旋頭歌」になる。河野の字余りのリズムは第三句が七音ではなく五音なので、旋頭歌とは言えないが、少なくとも下句は片歌の形であり、上三句と下三句で二つの異なる位相の「私」による対話があるように読める点からは、旋頭歌にも似ている。

また、久米常民『万葉歌謡論』によれば、文字として記録される以前の歌謡としての短歌は五句体（五・七・五・七・七）ではなく、第三句の繰り返しを含む六句体（五・七・五・五・七・七）であった可能性があるという。第三句をそのまま復唱するというわけではないが、五音のリズムを二回繰り返す点では、河野の字余りの浮遊感とかなり近いのではないか。一首のなかで対話のニュアンスが強い、歌謡的なリズムなのだ。

母親であり続け来てこれからも　さし向かひに身重のひとを連れきて坐る
拒食症とは自ら死にゆく病なり誰が止め得よう　ひひらぎ月の私の姪を
『季の栞』

この二首はさらに音が多く余って、一首目が五・七・五・六・七・七、二首目が七・八・五・

八・七・七となっている。こうなると今度は、仏足石歌体（五・七・五・七・七・七）に近づいてくる。どんなに字余りしても、三句目五音の腰の部分と最後の七・七という収束部は、きっちり定型に収めているところにも目を向けておきたい。

五・七・五・五・七・七型の字余りが歌集の随所にある他、『歩く』には「ソネット　灰になる日」、また『庭』には実家を出てゆく娘・紅へのはなむけの長歌一首「夕桜」が収められている。こうした試みは、これまでの河野にはあまり見られなかったものだ。五・七・五・七・七という決まった定型を超えたところで、何か言葉やリズムの実験をしてみたいという欲望が、たぶんあったのだろう。

ちょうどこの頃、河野にとってはライバルであった岡井隆が似たような試みをしているので、そうした時代の影響もあったのかもしれない。

はなやかで少し寂しい時の友だち。「山崎」とよび捨てにする、この良き酒を。
一日中奪はれてゐる　風かなと思ふかすかな流れが奪ふ時間の稲を
岡井隆

一首目は平成十年刊行の『大洪水の前の晴天』収録で、「琥珀いろの夕ぐれに捧げる旋頭歌一首」という題が付いている。二首目は平成十二年刊行『臓器』の「近況　仮綴詩集―佛足石歌（五七五七七七）の試み」という連作からの一首。いずれも「旋頭歌」「佛足石歌」と、逐一但し書きが挟まれているのが、河野とは違うところ。

遡れば、アララギ系歌人のとりわけ晩年の作にも同じような字余りが見つかる。

かなしくも自問自答す銃殺をされし女にこだはるかこだはりもせず　　斎藤茂吉『つきかげ』
一様のごとくにてもあり限りなきヴァリエテの如くにてもあり人の死ゆくは
まをとめのただ素直にて行きにしを囚へられ獄に死にき五年がほどに　　土屋文明『六月風』

茂吉の二首は、河野が最も好きな歌集として挙げた『つきかげ』から引いた。一首目が五・七・五・七・五・七・七という異形のリズム、二首目は五・八・五・五・八・七で河野の字余りのパターンとほぼ同じ。文明のほうは五・七・五・五・七・八と読める。こうした影響関係も視野に入れて考えると、面白いかもしれない。

では、河野の場合はどんな題材に向かったときに、この大幅な字余りが出てくるのか。かなりいろいろな場面で字余りが起きているので、一概には言えないが、歳月や「母系」という主題を持ったときに生まれやすい傾向にあるとは言えるかもしれない。

例えば、遺歌集となった『蟬声』の連作「日本古謡さくら」にも、この五・七・五・五・七・七型の歌が多く出てくるが、これも「わたしらを置いてゆくにはあらざれど待つ人の大きな傘にこの子入りゆく」など、母として、娘の結婚を歌謡のリズムによって寿ぐ連作になっている。

中期から後期へ、とりわけ病気以後の歌の寂しさ、苦悩、静けさ。河野の持ち前の能動性は、次第に受動性へと傾くが、言葉や外界にゆったりと身を任せることで豊かなものを見ようとした時期でもあった。河野自身が、さらさらとした白紙のようになって、いろいろなものを吸収している。自己をどんどん前に押し出してゆくのではなく、中期の河野にはひたむきな「対話」への意識があるように思う。

金魚や灰と溶け合って、その内部から発語しているような歌もそうだ。上句と下句で主客が入れ替わり、一首のなかに対話がある歌。口語、あるいは旋頭歌の問答にも似た字余りの歌も、思えばきわめて対話的である。たった一人の紛れない自己が、紛れなく世界と一対一で対峙している、という感じではもはやない。揺れ動き、入れ替わり、不安定な「私」が、一首のなかにうごめいているのだ。

夢の中はもつとさみしい　工場のやうな所で菊の世話して　『季の栞』

あなただけ私の傍に残りたり白い牡丹だよと振り向いて言ふ　『庭』

次の『母系』、『葦舟』、そして遺歌集となった『蟬声』の三冊は晩年の歌。「今朝、母が亡くなった」という一文で始まる「あとがき」を持つ『母系』の頃、自身の乳癌の再発と転移が見つかる。生涯変容し続けた歌人、河野裕子。晩年の歌は、『季の栞』『庭』の歌ともまた少し違った、言葉で説明しがたい新たな表情を見せることになる。

参考文献

・坂野信彦『七五調の謎をとく―日本語リズム原論』大修館書店（平成八年）
・久米常民『万葉歌謡論』角川書店（昭和五十四年）
・吉本隆明『初期歌謡論』河出書房新社（昭和五十二年）
・「歌壇」平成十七年七月号（本阿弥書店）

第六章　『母系』『葦舟』『蟬声』

一、はじめに――母の死のむこうに

いよいよ最後の三冊『母系』『葦舟』『蟬声』を読んでゆく。平成十六年までの作品を収めた第十二歌集『庭』に続き、『母系』には平成十七〜二十年、次の『葦舟』も時期的には重複して平成十七〜二十一年の歌が入っている。六十代に入った河野は、平成二十年の七月、八年前に手術をした乳癌の再発と転移が見つかり、さらに同年九月には母・君江の死に遭う。『母系』は母の最期の日々にあって「母という生命の本源」(「あとがき」より)について考え、『葦舟』は母の死後、自らの病と死に向き合う時期の歌を含む。

そして、『蟬声』は平成二十二年夏に河野が亡くなった後に刊行された遺歌集であり、第Ⅱ部は手帖などへのメモと家族による口述筆記によって残された未発表作を収めている。『母系』は第二十回齋藤茂吉短歌文学賞、第四十三回迢空賞を受賞、『葦舟』は第二回小野市詩歌文学賞を受賞。

ひのくれの耳のさびしさああ竹が葉を散らしゐる竹の葉の上に　『母系』
ふり捨ててゆくには重きこの世にはああ白梅といふ花が咲きゐる
書きとめておかねば歌は消ゆるものされどああ暗やみで書きし文字はよめざり　『蟬声』

上句から下句へ移るときに、吐息のように漏れる「ああ」という言葉。二、三首目は字余りで、「ああ」という息が定型からはみ出すような形になっている。『母系』以降、このような「ああ」がしばしば出てくるのがとても印象的だ。

晩年の河野の歌について、特に言葉や文体に即して論じた文章は、現時点ではまだ少ない。晩年の河野裕子の、息遣いが聞こえるような不思議な表情のある言葉はどんなところから生まれてきたのか。晩年の河野の文体的特徴と意義について、できるだけ綿密に考えてみたい。

さて、まずは『母系』『葦舟』における母の歌を見てみよう。

さみしい人となりてしまひし君江さんあなたからあなたが剝がれゆく　『母系』
お母さんあなたは私のお母さんかがまりて覗く薄くなりし眼を
君江さんあなたの歌はとてもいい日向の水が子を呼ぶやうに　『葦舟』

認知症が重くなり意識のはっきりしない母を、このように詠んでいる。一首目、「あなたからあな/たが剝がれゆく」といった句またがりは河野には珍しく、「剝がれゆく」という動詞の否応なさが切ない。「君江さん」と名前で呼んでから、あらためて「あなた」と呼び直す流れに、肉声の響きがある。二首目も、初句で「お母さん」と呼びかけ、「あなたは私のお母さん」と母にも自分自身にも言い聞かせるように詠っている。三首目も名前＋「あなた」の形で呼びかけの文体。河野の母・君江は「塔」会員でもあり、歌集『七滝』『秋草抄』を残している。その歌風が「日向の水が子を呼ぶやう」だという喩に、すこやかな向日性と懐かしい質感が想像される。

如矢(ゆきや)さんはもう死にましたか　ええ　とほいこゑで　然(さ)う　と言ふ　『母系』

この母の頭蓋骨抱くのはわたくしよ軽からう薄からう髪梳きてやる　『葦舟』

こうした会話体や口語が印象的に使われた歌が、母と娘という関係の描き方に奥ゆきを加えている。一首目、「如矢さん」とは河野の父、すなわち君江の夫のこと。一首としては「ええ」が河野自身の返事、「然う」が母の言葉というふうに読めるが、一字あけを重ねた効果もあってか、全体に夢のような浮遊感がある。会話の合間に「とほいこゑで」「と言ふ」というナレーション的なフレーズがふっと挿入されるこの感じは、前回も取り上げた発話の重層性という後期河野の特色でもあるだろう。二首目、母の髪を梳きながら死後の母の頭蓋骨を思っている。「わたくしよ」の「よ」や「軽からう薄からう」の「らう」など、文語のような口語のような懐かしい語り口がとても効いている。

君江さんわたしはあなたであるからにこの世に残るよあなたを消さぬよう　『母系』

このひとのこの世の時間の中にゐて額(ぬか)に額あてこの人に入る

あの母をこれからの私は生きてゆく死に撫でられながら死にゆきし母　『葦舟』

『母系』の「あとがき」は「今朝、母が亡くなった」という稀有な書き出しで始まっている。「母系」という題に示されるように、単に母親を看取るということに留まらず、母の血が自分のなかに流れていることを確かめ直す歌集となっている。そうした意味では、ここに引いたような歌が最も特徴的だと言えるだろう。

一首目、これも「君江さん」という呼びかけから始まる歌だが、「わたしはあなたであるからに」のまっすぐな表現にかなり驚かされる。一方、結句「あなたを消さぬよう」の、自分が死ねば自分の記憶のなかにいる「あなた」も消えてしまう、という発想は比較的わかりやすい。二首目は下句「額に額あてこの人に入る」に注目したい。何かのもののなかに入りこむ歌は、前回、前々回と詳しく読んだが、これもその系譜につらなる歌だろう。「わたし」には母系の血が流れ、「わたしはあなたである」し、「わたし」は母のなかに入り込める。この母と娘の溶け合うような親密感、一体感のなんという強固さだろうか。

裕子さん誰もあなたを止められないあなたは大地に直結してゐるから　『蟬声』

前後の歌から、これは平成十六年頃から河野が診察を受けていた精神科医・木村敏が河野に言った言葉だと思われる。永田和宏『歌に私は泣くだらう　妻・河野裕子　闘病の十年』にはこんな記述もある。

木村先生は、河野には、祖母ジュネ、母君江、河野そして娘の紅へと続く母系の問題が大きく潜在しているという考えを持っておられた。激しい母系の血が流れ、それが時折、大地からマグマが噴出するように噴き出すのだから、止めようがないというのが先生の考えであった。

木村敏の言葉が、自分のなかに流れる「母系」の血への思いをつきつめてゆくきっかけのひとつだったのかもしれない。ただ、あちこちで指摘されているように、「母系」という語は「水かがみしわしわ歪むゆふまぐれわれにありたる母系も絶えぬ」（『森のやうに獣のやうに』）など、すでに第一歌集から登場している。

母に見ゆればわれにも見えて菜の花の運河を進む白き舟の帆　『母系』

遠光（とほ）る沼のやうにも思はるる母の住む家行き暮れにける
誰からも静かに離れてゆきし舟　死にたる母を葦舟と思ふ　　『葦舟』

すべてのことが母系の血の問題に還ってゆくような、この「母」への強い意識は、読者にとってはときについていけないような気持ちになることもあって、私はむしろこのような静かな歌に惹かれた。母の記憶のなかに浮かぶ白い舟、それが母に見えるなら自分にも見える。「わたしはあなたであるからに」という感覚に似たような一体感を言いながら、さりげない文体、菜の花の黄や帆の白さなどイメージが鮮やかで、そこに説得される。

老夫婦手つなぎゆくを振り向けりわたしたちには来ないあんな日は　　『葦舟』
やせ果ててわたしは死んでゆくならむあなたを子らを抱きしめし身は　　『蟬声』

母・君江の死後、河野は自分自身の死を見つめなければならない状況となる。いずれも残された時間の少なさを噛みしめるつらい歌である。再発発覚後、河野は抗癌剤治療を開始し、さまざまな薬剤を試したということだが、亡くなる半年ほど前からは副作用が激しくなっていった。

生きしのぐことが日常でありし子規千の二千の菓子パン食べて　『母系』

起こしくるる人が居ぬゆゑ洗濯機の横に死にき永井陽子は　『葦舟』

一世(ひとよ)の生を花火に喩へし一行より死までの七年芥川龍之介

この雨が止むまで三枚書き了(を)へむ島田修二死後二十三日目

死という問題に関して、具体的にさまざまな歌人や文学者の死が詠まれている。一首目、正岡子規の菓子パン好きは有名なエピソードだが、「千の二千の菓子パン」という言い方が面白い。二首目、「洗濯機の横に」というなまなましい場面が、事実なのだろうがとても寂しい。三首目、四首目は「七年」「二十三日目」という妙に具体的な数字がリアル。

雨の夜にしとしとしとしと帰りくるああ死んだ児よ顔を上げないで

どこまでも夜のあをぞら見ゆる夜娘(こ)は亡き友の齢(よはひ)となれり　『母系』

こちらは河野が第一歌集からずっと詠み続けてきた死者の歌。一首目、雨の夜になると浮かんでくる死児の顔。二首目は、娘の紅が親友・河野里子亡くなった年齢になったことを言っている。この二人の死者のことは、河野は生涯をかけて詠み続けた。

こうしたさまざまな死者に思いを馳せることを通じて、自分自身にやってくる死に向き合おうとしている。

人の死がわが身にしみじみ入り来て(はひ)とてもやさしい　えええええと頷く　『葦舟』
生きながら死んでゆくのが生きること眠るまへ明日の二合の米とぐ
死にも死はあるのだらうかとつぷんと湯に浸りつつあると思へり　『蟬声』

それぞれ、河野独自の死に対する感覚が如実にあらわれていて興味深い。一首目、誰かの死が自分のなかに入ってきて、しかもそれが「とてもやさしい」という特異な感覚。結句に、自分のなかにいる死者に温かく相槌を打つような不思議な包容感が見える。二首目、生きることは「生きながら死んでゆく」ことだという。病気以前の早い段階から、死を自分の身体に引き寄せて詠っていた河野ならではの感じ方だろう。そのように死を近くに感じつつも、ともかく明日を生きるために二合の米をとぐ。三首目は、四十代の頃の歌集『歳月』のなかの「死は生身(なまみ)死なば死もまた死ぬるなりまみづの色の月のぼり来ぬ」とも響き合う。

こうして読んでゆくと、病の苦痛や病院での出来事などを具体的に詠んだ歌は、『葦舟』以降はあまり見られず、どこか心の澄んだような、静かで柔らかな歌が多くなってくることに気づく。生と死へのふくよかな肯定感が根底にあって、しかしときに、自分自身に言い聞かせているかのような口調が痛ましい。

この世の時間ひとへにふたへになつかしく薄焼卵二十人分を刻む

短くも長くもありしこの一生（ひとよ）去年のごとく菜の花が咲く　『葦舟』

この世の時間はこのように詠われている。たくさんの薄焼卵を作りつつ、心はどこか身体の先を走っていて、この世を懐かしんでいる。「ひとへにふたへに」が卵の薄さとも響くようで儚い。二首目は「去年のごとく」が眼目で、同じ発想の歌では「これからの日々をなつかしく生きゆかむ昨年（こぞ）せしやうにコスモスを蒔く」（『蟬声』）なども、去年と同じように、これまでと同じように季節がめぐり、花が咲く、そんな日々を慈しむ。いずれも上句が一生を回想するようなトーンで、切ない。

むかしとは麦藁のやうな時のこと暗がりの中にやはらかく匂ふ　『母系』

赤ちゃんが確かに二人居たはずの真夏のひかりほうせん花（くわ）の庭　『葦舟』

日傘さしあなたを待つてゐた時間、あのまま横すべりに時間が経つた時間、あるいは記憶への心の寄せ方はこんな歌となっている。麦藁のように匂う昔の時間も、子どもたちがまだ赤ちゃんだった夏の庭も、親密なものとして詠まれている。遠い過去、という感じはあまりない。三首目は好きな歌。自分はずっと自分のまま、今という時間に立っているのだけれど、時間だけが横すべりに過ぎていったのだ。

もう一度の生のあらぬを悲しまずやはらかに水の広がる河口まで来ぬ　『蟬声』

これも、自分自身に語り聞かせるような口調が印象的な歌。「もう一度の生」がないことを、ひしひしと嚙みしめながら歩いてゆく。前回指摘した五・七・五・五・七・七のタイプの字余り（句がひとつ増える）で、「やはらかに」でちょっと転調してイメージと韻律が広がる。

二、自然や植物に託されたもの

前回、河野裕子の特に後期の歌では、確固とした自己が一対一で外界と向き合っているのではなく、突然に自分がものに没入してしまったり、ものと溶け合ってしまったりする混沌とした感覚があることを述べた。『母系』以降の最後の三冊でも、自分という存在への視線はかなり不思議だ。自分自身を外から客観視して描く歌は初期からずっと見られたが、次のような歌はそれともまた少し違う。

どこをどうふらつきをりし魂(たましひ)か目覚むれば身は米とぎに立つ　　『葦舟』
床を掃き雑巾がけしてゐる身体からだのしてゐること心地よし
医者たちに擦れてしまひしわたくしを悲しみながら丸椅子に座る
一日ひとひ死を受けいれてゆく身の芯にしづかに醒めて誰かゐるなり　　『蟬声』

一、二首目は魂と身体が別もののように詠まれ、魂とは別に、身体だけが勝手に米をといだり雑巾がけをしたりしているようなちぐはぐな感じだ。三、四首目はどちらも病気の治療に関わる歌で、自分のなかにもう一人の自分が醒めている感覚がなまなましい。

四日すればチョッキを買ひに行きませう痩せて寒気(さむげ)なこの老嬢に　　『蟬声』
箒持ち佇ちゐる人はお辞儀せりそれはすなはち私のことなのだが

この二首などは、「もう一人の自分」「魂の遊離」という把握がより急進的である分、ちょっとコミカルな印象がある。一首目、「痩せて寒気なこの老嬢」はおそらく自分の姿を言っているのだが、買いに行くのが「チョッキ」だというところに味わいがある。二首目、「それはすなはち」という律儀な言い方に可笑しみがある。

このように自分から自分が遊離したような感覚は、晩年に特に多く、中期以降に注目してきた没入感覚の歌も、やはり変わらず見られる。

金魚鉢の中に入れば水ぬるく　あ、ぶつかる横あ、ぶつかる後ろ　『母系』

猫を抱くこの重たさにずつぷりともぐり込み私なんだか猫なんだか　『葦舟』

日向の中を出で入る影はわがこころキンポウゲたちこちらをお向き　『蟬声』

例えば、こういった歌がとりわけ面白い。一首目、鉢のなかで他の金魚たちとぶつかりそうになりながら泳ぐ場面だろうか。金魚になった自分を想像している作者像をイメージする隙を与えないほどに、一首が始まる前からすでに金魚そのものに変身している感じで、下句の独特の言い方には、言葉を放り投げるようなリアルさがある。二首目についても言えることだが、上句は丁寧に理性的に詠み進めておいて、下句で急にぽーんと言葉を放り投げる。短歌という抒情の型そのものをほっぽり出すかのように、いわば理性や感情ではなく、意識や無意識の世界へと飛ぶ。「あ、ぶつかる横」「私なんだか猫なんだか」といった脱力した口語が印象深い。

病に苦しむ自分の身体を浮遊して、金魚になったり猫になったり、自分の身体とものの間を自由に行き来している。ただ、乳がんが初めて見つかった時期にあった逃避的な陰鬱さはなく、やはりどこか澄んだものが感じられる。

ここで、晩年の河野の歌のなかでも特に自然を詠んだものに焦点を当ててみたい。まず目を惹かれるのは、植物や空など自然のものが、自分に向かって声をかけてくるタイプの歌の多さである。

うつらうつらと千年ほどが過ぎたのよ風にそよぎて竹たちが言ふ　『母系』

青空をそよいで掃くのは楽しいよおもしろいよおおと藪がざわめく

風の日に家を出づればやい、おまへと左右の藪がわれを挟めり

コスモスの倒れ伏したる庭に来てしんみりするぜと綿虫が言ふ　『葦舟』

この家のきれいに磨かれし鍋たちがいいだろ俺たちと重なつてゐる

縁先（えんさき）にきーんと光れるメヒシバがそれでいいんだよよくやつたと言ふ　『蟬声』

竹や藪、メヒシバといった植物、綿虫などの虫たち、鍋までもが賑やかに語りかけてくる。一首

目、この世に流れる時間の果てしなさを知っている竹たち。「うつらうつらと」が半分夢のような感じでとてもいい。二首目「おもしろいよおお」の「おお」に風の抑揚が見える。三首目「やい、おまへ」の生意気そうな感じや、四首目「しんみりするぜ」、五首目「いいだろ俺たち」、なんとチャーミングな台詞だろうか。しゃべっている内容にはさほど深い意味はなく、どちらかと言うと会話体の楽しさ、またそこから滲んでくる愛すべきキャラクター性を味わえる作りになっている。最後のメヒシバの歌だけは、少し悲しい。

自然や外界のものが自分に話しかけてくるというのも、大きな括りで言えば自分の一部が自分を遊離した、あるいは対象に没入してしまった歌と言えるだろう。竹藪の声なのか、それとも自分の内面の声なのかが混然としている。そういう意味では、先に引いた五首の歌などは中期以降から続く河野裕子の世界の流れのなかで読める。「枕もとに大きなふくろふが蹲(うづくま)りお嬢さんだつたのにねと言ふ」や「あをぞらがぞろぞろ身体に入り来てそら見ろ家中(いへぢゆう)あをぞらだらけ」といった『母系』を代表する歌も、そうだろう。

一方、次のような歌はこれまでにあまりなかったのではないだろうか。

この家に君との時間はどれくらゐ残つてゐるか梁よ答へよ　『葦舟』

いのちには限りがあるが限りとは何であらうか卯(う)の花教へよ

ぬばたまの髪のかたみにひと束を残すか残さぬ　紅い椿よ
静かすぎて息をするのが苦しいと庭の青梅わかつてくれるか
大事なのはお母さんでゐること山茶花(さざんくわ)よご飯を作りお帰りと言ふ

『蟬声』

『葦舟』以降、今度は逆に、自分が植物やものに何かを訴えかける歌が多くなってくる。それぞれ「梁」「卯の花」「椿」「青梅」「山茶花」に呼びかけているが、どれも「残つてゐるか」「何であらうか」などの疑問形、そして「答へよ」「教へよ」といった命令形、「紅い椿よ」「山茶花よ」などの呼びかけの助詞「よ」を使っている。つまり、呼びかけというよりももっと強く激しい「訴え」「叫び」のようなものを感じるのだ。

残された時間はどれくらいなのか、その時間をどう過ごすのか、何をこの世に残せるのか、といった切実な内容が、「卯の花」など自然のものに向かって投げかけられている。自分が金魚や猫と一体化したり、藪や綿虫に話しかけられたりする歌には、寂しげななかにもユーモアや温かさがあったけれど、逆に、河野自身が植物に「訴え」かける歌にはどこかどうしようもない切迫感と苦しさがある。

空間や時間軸をおおらかに行き来し、ときには対象のなかに潜り込んで一体化してしまう自在さは、河野の歌の大きな魅力であったが、これらの歌では、河野は自分自身を離れることができないまま発話している。病気に苦しみ、近づく死を受け入れようとしている自分という位置から一歩も動けないまま、発話している。そういうどうしようもなさを歌にするとき、単なる独白調ではなく、「卯の花」や「紅い椿」などの植物に鋭く呼びかけ、訴えかける文体がとられている。自分が置かれた状況のどうしようもなさを、植物たちに託しているような感じさえする。独白が決して独白にならず、つねに卯の花や椿などを通して世界に触れながら、世界と対話しながら言葉を発している点に、静かに心を打たれる思いがする。

次のような歌も、直接呼びかけているわけではないものの、やはり植物に何かを託しながら詠っている点では同じだろう。

死ぬな　男の友に言ふやうにあなたが言へり白いほうせん花(くわ)
陽に透きて今年も咲ける立葵(たちあふひ)わたしはわたしを憶(おぼ)えておかむ
白木槿(むくげ)あなたにだけは言ひ残す私は妻だつたのよ触れられもせず
二人だけ残つてしまつたことさへも当り前すぎて蚊屋吊(かやつり)草の花
『葦舟』

こうして並べてみると、内容はやはり自身の病と死に関わる切ないものばかりだ。一首目や四首目のように、一首の前半で心象や抽象的なことを言っておいて、結句にぽんと植物などのイメージを置く文体はこれまでの河野には珍しかったのではないだろうか。二首目も同様に、立葵のイメージ+心情という構造になっている。三首目は特につらい歌。自分一人では支えきれないような現実の重さを、少しだけ植物や花に預けるような、縋るような文体が、晩年の河野にはあった。

三、読み手を巻き込む肉声と口語

前回、病気以後の河野が、いったん能動から受動へと傾き、言葉や外界にゆったりと身を任せることで何か豊かな世界を浮きあがらせようとしていたということを書いた。『季の栞』『庭』以降の、異様なほどに静かなたたずまいの歌のことである。

ゆつくりと空を渡りてゆく月に月の匂ひあり向き合うて吸ふ　『母系』
草庭を雨はしづかに濡らしをりありがたうと言ひて人は帰りき
ほのあをく巻きてをりしが霜月のしづかな雨にあさがほが咲く　『葦舟』
さやうなら　きれいな言葉だ雨の間(ま)のメヒシバの茎を風が梳きゆく

こんな歌はまさに肌の上を言葉がさらさらと流れるのを自ら味わっているような詠いぶりで、透明感が際立っている。読んでいて気持ちが澄んでゆくようないい歌なのだが、どこがどういいとは言いにくい。「塔」河野裕子追悼号の座談会で、松村正直はこんな発言をしている。

『母系』には全然言葉のエッジが立ってないんだけれども何かいい歌なんじゃないかと思うような歌が結構あって。（中略）後期はあんまり短歌的じゃなくなってますね。散文的ということでもなくて、歌の作りのツボみたいなのが見えづらい感じになってきてますね。

確かにその通りだと感じる。あえて分析するならば、例えば一首目では「月に月の匂ひあり」という重複する言い方がもたらす味わい、「向き合うて吸ふ」にある精神の清浄さなど、さまざまに挙げることができるし、あるいは三首目や四首目は植物の描写がとても繊細で美しく、加えて「霜月のしづかな」の「し」の頭韻、「雨にあさがほ」の「あ」の頭韻など、韻律の良さもあるだろう。ただ、いずれにせよ、ひとつひとつの言葉の角が完全にとれていて、言葉本来のまろやかさだけが感じられる境地なのである。

日の昏れはろくでもないよ鍋の蓋裏向きに落ちてうろうろ回る
わたしの猫トムは今日も外歩きペットなんかやつてらんねえと滅多に居らず　『葦舟』

笑ひ事ぢやないから笑ふほかなくて三分咲きの桜見にゆかうぢやないの
しやうもないから泣くのは今は止めておこ　全天秋の夕焼となる

口語の試行は、晩年も目を瞠るほど生き生きしている。一首目、夕暮れどきの陰鬱さを「ろくでもないよ」と言ってのける大胆さ。二首目、上句はやや散文的だが「ペットなんかやつてらんねえ」が投げやりで愛嬌がある。三首目は結句「見にゆかうぢやないの」が、ひとくちに「口語」というのとも少し違う、旧仮名表記ともあいまって懐かしいような会話体である。四首目は特に好きな一首。「仕方がない」「どうしようもない」ではなく、「しやうもない」でしか伝わらないニュアンスがとてもいい。
口語を取り入れることで、河野の歌はどんな広がりを得たか。

あな憂しといふは文法的に誤りか　ま、いい冬の黄蝶あな憂し　『母系』
子供たちの数だけうさこがゐることがホーセンクワの種のやうに　ぴよん
菜の花のあかるい真昼　耳の奥の鼓室で誰かが　ぽ、ぽ、ぽんぽん
その身体ひき受けてあげようと言ふ人はひとりもあらず　たんぽぽ、ぽつぽ　『葦舟』

こうした歌の、下句への展開の仕方に注目してみたい。どれも、上句は比較的真面目な、澄まし顔で言葉を繋げ、下句あるいは結句で思い切りよく別次元へ飛んでいる。「ま、いい」「ぴょん」といったこの開き直るかのような楽しさ、あるいは三、四首目はオノマトペを着地点として、四首目のような内容的に重くなりがちな部分をどこか軽快なひらけた気分に運ぶ。明るくも暗くもない、不思議に寂しく光るような、結句の収め方なのである。単に文語から口語へ、というだけではなく、気分や雰囲気のレベルで、河野は一首の後半で異界へ飛ぶことがとても多い。

よく笑ふわたしは元気である筈が転がつたままの日向のバケツ　『母系』
傍に居て　男のからだは暖かい見た目よりはずつと桐の木　『葦舟』

こういった歌の下句への展開も、口語というわけではないが、どこか不思議な繋がり方だ。一首目、「わたしは元気である筈が」から「転がつたままの日向のバケツ」へは、意味的に直接繋がるわけではなく、一つには言いさしの途中でバケツに陽が当たっている光景が挿入されるイメージ的効果があるし、もう一つには「わたし」は実は日向に転がったままのバケツのように空っぽで渇いて寂しい存在なんだ、という比喩的な意味も重なってくる。二首目も、「見た目よりはずつと桐の木」がやや変わった表現になっている。「男のからだは桐の木と同じように見た目よりずっと暖かい」という語順であれば普通の比喩なのだけれど、それが捩じれた書き方になっている。そして「見た目よりはずつと桐の木」というフレーズは問答無用で記憶に残るのだ。一首が終わったとき、「男のからだ」が桐の木そのものと同化してしまったような、変に静かな感じがする。この二首のように、意味的にはそこで軽く切れつつ、それでいて繋がっているような飛び方は、韻文として味わい深い。

河野の歌は晩年ますます対話的になってくる。私たちは河野の歌を読んで、体温や肉声や匂いのようなものを感じるが、それはどこから来ているのか。背景に口語の多用があることはもちろんだが、それだけではないようだ。

もう少しこの梅林を歩みゆかむ光にしづむあの一樹まで　『蟬声』

吉川宏志は「塔」河野裕子追悼号に寄せた河野裕子論「声と身体」のなかで、この一首を挙げながら次のように書いている。

（略）つながりを生み出すのは「君」や「あなた」という言葉だけではないということだ。「もう少しこの梅林を歩みゆかむ光にしづむあの一樹まで」であれば、「この」「あの」という語がそれに当たる。当たり前のことだが、「この梅林」「あの一樹」と言われても、読者にはどんな情報も伝わらない。しかし、読者が、この歌に詠まれている場所に立っている思いになれば、「この」や「あの」が指しているものが目に見えてくる。河野の歌は、読者をいやおうなく場に巻き込んでいく。言い換えれば、「あの一樹」と言えば同じ樹をともに見てくれるはずだという、読者への強烈な信頼感が河野にはあったのだ。

文語／口語ということとは関係なく、読者を一首の場に巻き込んでゆく力。そして読者への信頼。この「この」「あの」といった指示代名詞については、大島史洋も『河野裕子論』のなかで、『母系』には「この」という言い方がとても多いことを指摘し、「しっかりと自分の現前のものとして把握したいという強い願望」のあらわれではないかと述べている。

わたしらはもののはづみに出会(でお)うたよあんなに黄色い待宵の花　『葦舟』
この部屋の日差しの中に言うてみる淡い空やなあ片頬杖に　『蟬声』
川上の水は小さく光りをりそこまで歩かう日の暮れぬうち

「あんなに黄色い」「この部屋」「そこまで歩かう」に、やはり場所を示す指示代名詞が出てくる。

「あんなに黄色い待宵の花」と言われるとき、「あんなに」と言いながら待宵の花をまなざしている作者自身の眼が、やはり手ごたえをもって感じられる。自分にもその花の黄色が見えたような感覚が湧きあがってくる。

深く疲れよ　土か心か分からぬがそこより聞こゆ　深く疲れよ
そこにとどまれ全身が癌ではないのだ夏陽背にせし影起きあがる
そこに居よじつと動かずに近づくな近づきすぎるな落ち椿には
『葦舟』

「そこ」という語が出てくる歌を三首引いた。一首目、「深く疲れよ」という声が土のなかから聞こえるという。そしてその土は「心」かもしれないという。かなり奇妙な歌で解釈に迷うが、自分の外側と内側のどちらから聞こえているのかわからないような、ひとつの予言のような声がふいに脳裏をかすめる感じはわかる。二首目は具体的に自分の「癌」に引きつけて詠われているが、三首目は文脈がまったくわからない分だけいっそう不気味な一首で、強く惹かれる。存在の不安のようなものだろうか。どの歌もやはり「疲れよ」「とどまれ」「近づくな」といった命令形が使われ、「そこ」という具体的な場所を指す言葉が出てくることで、臨場感が増している。

お母さんになつてからの日々春ごとにれんげが咲いてゆつくり老いた　『母系』

夕虹が二つ出てゐたと紅(こう)が言ふ見なくてもわかるとても淋しいから　『葦舟』

どこまでもあなたはやさしく赤卵(あかたま)の温泉卵が今朝もできました　『蟬声』

また、こういった散文的な文体は、まるで物語や童話を語られているような、手紙を読みあげてもらっているような手触りを読者に手渡すのではないだろうか。一首目のように非常に長い時間を一首のなかに入れようとすると普通は難しいのだが、この歌は大まかさ、素朴さがかえって優しい奥ゆきを出している。二首目は下句の字余りと倒置がとても自然で、一瞬短歌には見えないくらい素朴だ。三首目は口述筆記された歌で、「今朝もできました」のようなです・ます調も、変化球ではあるのだが、こう言われると何か河野が見ている世界の時間軸に巻き込まれるような感じで、物語のなかに入りこんでしまう。手紙のように、読者である自分に向けて届けられた言葉のように思えてくる。

ずぶずぶと足の踏み場がずぶつくを笑つて立て直すああ母が死んだ　『葦舟』

寒天を立てたるやうな母の影影なのにああ老いたり母は

ああ寒い　素足で廊下を歩くのは　この家でむかし死んだのは誰

終点まで乗りてゆかうと君が言ふああいいよ他に誰も居ない

「ああ」という感嘆詞は、晩年の歌に本当によく登場する。一、二首目は母親の老いと死にまつわる歌で、「ああ」が悲痛。独白でありながら、「ああ」というのは何かに向かって訴えかけるような感情の昂ぶりを伴っていて、やはり温かく対話的なのだ。

うつ向いてものを書くときこのひとは何とわたしから遠いのだらう　『母系』

焼き茗荷おいしいねえと言ふ人にさうよねえと食べられたらどんなにいいか　『蟬声』

そのほか、「何と〜だらう」「どんなに〜か」といった表現も、肉声を感じさせる。一般に、詠嘆の助詞や助動詞を多く持っている文語に比べて、口語では「詠嘆」が難しいと言われているが、河野はそこのところを「〜よ」「ああ」「なんと」「どんなに」、あるいはこそあど言葉や命令形、疑問形などを縦横無尽に駆使して、とても息遣い豊かな文体を生み出している。前に触れた「もう」「やがて」などの、時間に関わる副詞の多用も、同じような効果を挙げているといいだろう。

短くてきれいな秋の日々だつたコスモスばかりが庭には咲きて　『母系』

何気ない歌だけれど、下句が倒置で「〜て」の形になっているところに味わいがある。短く過ぎ去っていった秋の日々、がまず提示され、下句でその日々を追いかけるようにコスモスがいっぱいに咲いた庭の景が出てくる。一直線に切れなく詠いきった場合に比べ、倒置はどことなく意識の流れをもう一度なぞるような、イメージを塗りなおすような感じがあって、より陰影が増すことがあるのかもしれない。倒置「〜て」で終わる歌はこの時期にとても多いが、いま見ればこの倒置も、ひとつの詠嘆の文体であって、河野の歌に肉声的な温みをもたらしていたのではないだろうか。後で取り上げる遺作「手をのべてあなたとあなたに触れたきに息が足りないこの世の息が」（『蟬声』）も、そういえば下句の倒置がとてもいい。

四、相聞歌集としての『蟬声』

病むまへの身体が欲しい　雨あがりの土の匂ひしてゐた女のからだ　『母系』

紅（こう）が帰りし後に落ちてゐる髪つまみあぐわれにはもうあらざる髪を　『蟬声』

一本のアイスキャンディをやつと食む月にやあと言ひ眠らむとせり

河野は平成二十二年八月十二日に亡くなった。遺歌集『蟬声』は亡くなった年の歌が中心になっていて、出来事としては娘・紅の結婚や愛猫トムの死なども詠まれている。第Ⅱ部は手帖などに書き残された歌と、字を書くことがままならなくなってからは家族の口述筆記によって残された歌が収められている。

『母系』において「病むまへの身体が欲しい」と願った河野に、抗癌剤の副作用が襲いかかる。その厳しい現実が、ときに二首目のようにごつごつと、しかしまっすぐに詠まれている。

豊かな黒髪が自慢だった河野は、髪のことを何度も歌にしていて、「襟足が美しいと言ひしは君のこゑ抗癌剤は君のこゑさへ奪ふ」（『蟬声』）は、抗癌剤が髪を奪ったと言うのではなく、髪を褒めてくれる「君のこゑ」を奪った、と詠っているところが何とも言えない。

受け入れがたい現実に直面しつつも、例えば三首目のように河野らしい魅力が出た歌も多くある。固形物を食べるのも難しくなってからは、お粥、おもゆ、スープ、果物、温泉卵などを少しずつ食べていたことが窺われるが、アイスクリームもそのひとつだろう。『蟬声』には好きだった食べ物を懐かしむように詠った歌が多い。

わたししかあなたを包めぬかなしさがわたしを守りてくれぬ四十年かけて

あの時の壊れたわたしを抱きしめてあなたは泣いた泣くより無くて

『葦舟』

一日に何度も笑ふ笑ひ声と笑ひ顔を君に残すため

『葦舟』の再発後の歌から引いた。再発から死までの間に詠まれた、夫への気持ちをまっすぐにぶつけるようなこうした歌には、特に心が波打つ。一首目、夫婦として連れ添った四十年の歳月の重さ。「わたししかあなたを包めぬ」は、自負と「あなた」を寂しく思う気持ちとが入り混じっている。長い間「あなた」を包みこんで守ってきたけれど、実は自分のほうがそれに支えられてきた、というのは何となくよくわかる。二首目は、がんの手術後に心身が不安定になったときのことだろうか。「あの」という指示代名詞や「あなた」という呼称、結句の倒置など、河野独自の肉声的な文体がここでも発揮されている。二首目や三首目は、よく引かれる歌でもある。

お互ひがお互ひであるゆゑにわれ亡くば半身つれて君に還らむ
死に際に居てくるるとは限らざり庭に出て落ち葉焚きゐる君は　『蟬声』

亡くなる年に入ると、こんな歌がある。一首目、中城ふみ子の「死後のわれは身かろくどこへも現れむたとへばきみの肩にも乗りて」（『花の原型』）を思い出させるようなところもあるが、「お互ひがお互ひである」には『母系』での母への思い「あなたはわたしであるからに」と同じ、正面きっての迫力を感じる。二首目は落ち葉を焚くというイメージも含め、寂しい歌。

白萩がもう咲きそめて門(かど)に添ふ待つことはあなたに待たれゐること　『蟬声』

これは最初に読んだときにはよくわからなかった歌で、自分はいま「あなた」を待っている、それはすなわち私があなたに待たれているということだ、と読むと双方がお互いを待っているということになり、矛盾するのだ。最近になって、もしかしたら「あなたに」の「に」は「あなたにとって」という意味で使ったのかもしれない、と思うようになった。自分が「あなた」を待っている、それは私にとっては相手を待つことだけれど、「あなた」にとっては自分自身が待たれている、ということ。そう読むと、待つ側の時間と待たれる側の時間が白萩の景とともにほっかりと浮きあがってくる。どの歌も、「夫」ではなく「あなた」「君」と呼びかけ、相聞の歌としてまっすぐに響いてくるものがある。

わが知らぬさびしさの日々を生きゆかむ君を思へどなぐさめがたし
のちの日々をながく生きてほしさびしさがさびしさを消しくるるまで
残さるるこの世どうせうと君が呟くに汗にぬれたる首をなでやる　『蟬声』

ああどんなに過激なかなしみが君を襲はむかそれでも眠るむさぼり眠る
死なないでとわが膝に来てきみは泣くきみがその頸子供のやうに

『蟬声』のなかでも、もっとも読んでいて苦しくなってくる歌だ。「わが知らぬさびしさの日々」「のちの日々」を生きていかねばならぬ夫を深く思っている。「さびしさがさびしさを消しくるるまで」は何かがきわまったような表現。三首目以降は生前未発表作で、自分自身の苦痛がどうということよりも、ただ残される夫を悲しみ、不安がっている。「汗にぬれたる首をなでやる」「きみがその頸子供のやうに」など、夫の描写には何の飾り気も余剰もなく、ただ心細い魂のふるえだけを素朴に伝えてくる。

わたくしはわたくしの歌のために生きたかり作れる筈の歌が疼きて呻く　『蟬声』

口述筆記によって、死の前日まで歌を作り続けたという河野。「疼きて呻く」に、ひとりの歌人としての、骨まで痛むような悔しさがある。

水たまりをかがみてのぞく　この世には静かな雨が降つてゐたのか

こゑそろへわれをいづへにつれゆくか蟬しんしんと夕くらみゆく
子を産みしかのあかときに聞きし蟬いのち終る日にたちかへりこむ

死が近づいて、一首目などは時間感覚がちょっと異様な印象もある。「降つてゐたのか」という言い方が、気づきとも詠嘆ともつかない、溜息のように漏れ出ている。二、三首目のような蟬声を聴く歌が死の直前におびただしくあって、これは「産み終へし母が内耳の奥ふかく鳴き澄みをりしひとつかなかな」(『森のやうに獣のやうに』)、「しんしんとひとすぢ続く蟬のこゑ産みたる後の薄明に聴こゆ」(『ひるがほ』)などと響き合う。自分が生まれた日、子を産んだ日、そして「いのち終る日」、そのどれもが偶然にも真夏で、蟬声を伴っている。

そのかみの河野如矢が兵隊にとられざりしは短軀のせゐか否かは知らず　『蟬声』
夏帽子かぶりし子供がおりてくる石段の上にしやがんだりして
夏帽子かぶり子供が石段をおりきてしやがみそのままに消ゆ
茗荷の花こんなにうすい花だつた月の光もひるんでしまふ

亡くなる八月に入ってからの歌のなかに、病や死や傍らにいる家族のことからふいっと離れて、唐突に思い出して一首になったようなものがときどき挟まれる。一首目、「河野如矢」はすでに他界している河野の父。二、三首目の、石段にいる夏帽子の子どもの歌も妙に気になる。三首目には「白昼夢見ることあり」という詞書がついていて、まさに夢のような浮遊感があるのだが、どこか現実を生きている子どものような印象が薄いためか、河野が二十代の頃に失った死児のことなども連想される。死の前日には、茗荷のことが五首も詠まれていて驚く。茗荷の花の薄さに、月の光もひるむというのはどういうことなのかよくわからないが、心象風景だろうか。研ぎ澄まされたような世界の把握だけがぽつんと差し出される。

あなたらの気持ちがこんなにわかるのに言ひ残すことの何ぞ少なき　『蟬声』
さみしくてあたたかかりきこの世にて会ひ得しことを幸せと思ふ
八月に私は死ぬのか朝夕のわかちもわかぬ蟬の声降る
みんないい子みんないい子と逝きし母の心がわかる私にはもつとたくさんの人たちがゐてくれた
手をのべてあなたとあなたに触れたきに息が足りないこの世の息が

死の前日、夫の永田和宏が書きとめた遺作五首「手をのべて」をすべて引いた。一首目、二首目とまっすぐで、気持ちと言葉の間に過不足がまったくないような感じである。「あなたら」「こんなに」「何ぞ少なき」「この（世）」など、遺作にもやはり河野らしい肉感的な表現が見られる。「手をのべて」の歌は最後の一首となった。いい歌だと思う。「この世の息」という言い方の、これ以上ない切なさ。

「あなたとあなたに触れたきに」のところは、「あなた」＝夫と「あなた」＝子に触れたい、と解釈されることが多かったが、しばらくして、今野寿美が「りとむ」平成二十三年十一月号において、とても魅力的な読みを発表している。それは、一度目の「あなた」に鍵かっこがつくような感じで、「あなた」と声に出して「あなた」＝夫に触れたい、という解釈だ。私自身、初読時は前者に近い読みをしていたが、今野の読みがあり得ることに衝撃を受けて以来、今野のように読んだほうがこの一首は河野裕子らしい、と強く思うようになった。声が聴こえる歌になるからである。

「あなた」と声に出して呼びかけたいのにそれができない、という状況は、「息が足りない」という下句とダイレクトに繋がる。「触れたきに」と第三句までを文語で締めて、下句で口語へと自然にほどけてゆくこの感じ。結句を倒置にして「息」を「この世の息」ともう一度呟き直し、言い加える丁寧さが、いかにも河野らしい。歌を詠んでいるのでも、作っているのでも、書いているのでもなく、ただ目の前の人にしゃべりかけている。そんな不思議な文体なのだ。

最後の歌となった「手をのべて」の一首が豊かに象徴するように、『蟬声』はやはり相聞の歌集であった。この世に残る夫に、ひたすら呼びかける歌の数々。感情の芯だけを裸のまま三十一文字にしたような趣で、死に近づくにつれいっそう透明になり、結晶のように純度を増してゆく。

第一歌集『森のやうに獣のやうに』で相聞の歌人として出発した河野裕子は、家族を作り、身めぐりをさまざまに詠い、自然と交感し、最後に再び、生と死の火照りを帯びた相聞歌集を残した。自然と自己とを自在に行き来し、自然やものに呼びかけ、逆に自然やものの声を聴き、そして最後は夫に「あなた」と渾身の力で呼びかけようとした。晩年の河野裕子は、その文体からしても精神のありようからしても、呼びかけの歌人であり、対話の歌人であった。それを考えると、後期の河野裕子の口語化は、偶然や時代の要請、影響というのみならず、やはり紛れなく必然のものだったのではないだろうか。病と死に心身を脅かされながら、なお「あなた」に呼びかけたいという強い意志から選びとられた、そういう口語だったのではないだろうか。

＊

二十代から晩年までの、河野のすべての歌集を読んできた。文語／口語の濃度や短歌の様式への姿勢といった点では、作風の変化はかなり激しい。長期的に見ても、短期的に見ても、振幅は大きく、動くときはつねにダイナミックだった。表現の上で河野裕子が見せてくれたのは、つねに初々しい歌を作る、という簡単なようでとても難しい神業だったのではないだろうか。

その一方で、生涯を通じて表現の奥底に抱え持ちつづけたものもはっきりとある。生まれ、産み、死ぬ、という生命の混沌への希求と不安、この世に生きることの根源的な孤独など、一見何とでも言えそうだが、ひとことではやはり言えない。ひとことで言えないからこそ、河野はこれほどの熱量をこめて生涯を詠い続けたのだから。

特別論考「この世のからだ」

河野裕子の歌を読んでいると、一首一首がなまなましい体温と立体感を持って身体のなかにめりこんでくることがある。言葉によって身体感覚を再現するのではなく、言葉を発するうちにふっと新しい感覚に突きあたったような、そんな自然な斬新さが楽しい。

夜はわたし鯉のやうだよ胴がぬーと温いよぬーと沼のやうだよ　『体力』
あをぞらがぞろぞろ身体に入り来てそら見ろ家中あをぞらだらけ　『母系』
深く疲れよ　土か心か分からぬがそこより聞こゆ　深く疲れよ　『葦舟』

こういった歌は、ただ単に身体感覚が鋭いだとか自他の境界が曖昧だというレベルを超えて、もっと特異な魅力を湛えている気がする。

一首目、四句目までは普通によくわかるが、「ぬーと沼のやうだよ」で驚く。ふっくらと胴のあたたかい「鯉」だったはずの「わたし」が、結句で鯉の外側の「沼」へと溶けて広がるのだ。二首目も構造が少し似ていて、上句で青空が気だるく自分の身体のなかへ入ってきた後、青空で満たされるのは当然「身体」のなかのはずなのに、この歌ではなぜか自分の外側にある「家」が青空だらけになる。自分の内と外がすりかわったような奇妙な感覚。三首目は「土か心か分からぬが」が面白い。「土」ならば自分が立っている外側の世界であり、「心」なら自分の内側のことで全然違うのに、その区別が曖昧になっている。

実はかなり理屈をすっ飛ばした不思議なことを言っているのだけれど、リフレインやオノマトペ、平明かつやわらかな語りかけの響きを持つ口語文体によって、読者はなぜか一読納得させられてしまう。

河野裕子の「われ」は、「われ」を基点として内側と外側があるといった常識的なありようではなく、広がったり溶けたり何かと入れ替わったりと伸縮自在であり、一首一首の中心には「われ」というよりももっと不定形な何者かがいる感じがする。

眼を閉ぢてこゑを味はふあああこゑは体臭よりも肉に即くなり　『はやりを』
さいさいと雨戸にあたりて降る月光耳に感じをり家内（やぬち）は暗い　『歩く』

視覚よりも聴覚、嗅覚、触覚に重心がいきやすいのも、現代の歌人としては珍しいことのように思う。眼はむしろ体感の邪魔になるとでもいわんばかりに、眼を閉じて何かを味わうという歌も多い。二首目、眼で見るものであるはずの「月光」が雨戸に当たるのを耳で感じるという。こんなふうに五感を自由に行き来するような歌もとてもユニークだ。

曇天を眩しみながら見上げゐるかゆいやうな寂しさ秋が始まる　『紅』
ひやらひやらとひぐらし鳴きて竹林の西側が黒いほど暑いなり　『家』
金いろの蛇らが立ちて泳ぎ来るを眼のふち痒くなるまで見をり

どれも、五感が奇妙に混在して過敏な印象である。一首目は、眩しい曇天を見上げるという視覚から「寂しさ」が引き出されてくるのは普通だが、そこに「かゆいやうな」という身体の違和感を伴うのが独特である。二首目「黒いほど暑いなり」、三首目「眼のふち痒くなるまで見をり」もそれぞれ風変わりな表現で、「見る」「見つめる」という行為を眼だけではなく身体全体で直感的に味わっている。
河野裕子のこうした豊かな体感や伸縮自在な「われ」の背後には、何があるのだろうか。

君は君の体温のうちに睡りゐてかかる寂しさのぬくみに触（さや）る　『ひるがほ』
君を打ち子を打ち灼けるごとき掌よざんざんばらんと髪とき眠る　『桜森』

きりきりと絞りし弓とこたへむに肉を越ええぬわれの寒さは

ほのぐらい自己凝視と恋の明るさの陰翳が鮮やかな第一歌集『森のやうに獣のやうに』の後、初期の歌集に通底するのは、伴侶や子どもへの愛情が深まれば深まるほどに肉（身体）によって隔てられていることを痛感する、そんな痛烈なもどかしさである。毎晩隣で眠っていても、力のかぎり打ちすえても、相手の心は相手の身体の内側にあって真実触れることができないのだ。

みづからの暗き臓腑に届くなく肩灼けたるのみに夏も終れり　『ひるがほ』

こゑのみは身体を離れて往来（ゆきき）せりこゑとふ身体の一部を愛す　『はやりを』

人間関係のみならず、臓腑に届かずただ肩を灼くだけの夏の陽射しに対してもの足りなさを感じるように、人間と自然の関係ももどかしい。対象への強すぎる思いを持て余しているような感じがする。そんななかで二首目にあるような、特に『はやりを』で繰り返し詠まれる「声」は唯一、身体の一部でありながら身体の限界を超え得るものであったことが窺える。

脳葉も翳らひをらむ窓の外灰色につつみ雪降る気配する　『ひるがほ』

水の呼吸苦しくあらむびつしりとさくらはなびら井戸の面覆ふ　『桜森』

君は今小さき水たまりをまたぎしかわが磨く匙のふと暗みたり　『ひるがほ』

自分では見ることも感じることもできないはずの「脳葉」の翳りといったものを積極的に想像することで、身体の深部が世界とたっぷり交歓するような感覚が志されているのではないか。また、もっと直接的な交歓として、二首目のように自然のものに感覚を移入したような歌もたくさん作られるようになる。この時期は、身体という壁を突破するために身体の深部を幻視したり身体感覚の範囲を景やものにまで広げたり、あるいは三首目のように遠くの「君」と自分の存在がリンクしているような感覚を表現したりと、いろいろな苦闘の跡が見てとれるが、時代の影響を受けた硬質な文体のせいもあってやや観念に傾いている印象も残る。

うとうとと泥にもぐりてぬくとくて蛙の日まで蝌蚪の頭まるい　『紅』

天牛虫がイチジクの木を噛みてゐるコキリコキリと頸椎の固さ　『季の栞』

ものに移入する独自の身体感覚が本当にいきいきと輝きはじめるのは中期以降だろう。一首目は上句では視点が「蝌蚪」の内側にあるのに、下句は外から観察している感じであり、二首目は逆に上句が外側からの観察で、下句では急に「天牛虫」になりきって「頸椎」のような木の固さを感じている。肩の力が抜けて、自然に対象の内部に潜りこんでいるような、ぬくぬくした感じがする。

わたくしはもう灰なのよとひとつまみの灰がありたり石段の隅　『歩く』
このひとのこの世の時間の中にゐて額(ぬか)に額あてこの人に入る　『母系』
人の死がわが身にしみじみ入(はひ)り来てとてもやさしい　ええええと頷く　『葦舟』

しかし同時に、こんなさびしい歌も増えてくる。一首目は病気が見つかる以前に詠まれた歌だが、やはり半分は「灰」視点、半分は「わたくし」視点なのが切なくおそろしい。

河野裕子の、ものに「入る」「入りこまれる」歌の系譜は、最終的には自身の身体を奪ってしまう「死」という不条理とどう向き合うのか、という問題に辿りつく。二首目、三首目の歌などがその答えになるのかもしれないが、「入る」「入りこまれる」感覚の優しさや安らかさを心の芯から深く信じようとした、晩年の絶唱だと思う。若き日に苦しんだ、人と人を隔てる身体の限界を、祈りのような一途さで超えようとしているのだ。

一粒づつぞくりぞくりと歯にあたる泣きながらひとり昼飯を食ふ　『歳月』

手をのべてあなたとあなたに触れたきに息が足りないこの世の息が　『蝉声』

例えば、もし仮に不老不死の人間がいたとして、その人にも私たちと同じように身体感覚は発生するのか、ということを考える。たぶん、同じようにとはいかないだろう。河野裕子においては特に、身体感覚というものがそれ自体で独立して意識されているのではなく、つねに生きることと死ぬことの途方もない不安やあたたかさが裏側に貼りついている。感覚の拡大は、「われ」の、家族や自然に対する愛情の、そして「死」の、必然の捉え直しだったのではないだろうか。

＊初出＝「短歌」二〇二〇年八月号特集「没後10年　河野裕子」

年譜

年	年齢	事項
昭和二十一年（一九四六）	○歳	七月二十四日、熊本県上益城郡御船町七滝に生まれる。
昭和二十五年（一九五〇）	四歳	京都市に転居。
昭和二十七年（一九五二）	六歳	滋賀県甲賀郡石部町に転居。
昭和三十九年（一九六四）	十八歳	病気のため、京都女子高校を一年休学。「コスモス」短歌会入会。
昭和四十一年（一九六六）	二十歳	京都女子大学文学部国文学科に入学。
昭和四十二年（一九六七）	二十一歳	同人誌「幻想派」創刊に参加。永田和宏に出会う。
昭和四十四年（一九六九）	二十三歳	「桜花の記憶」により第十五回角川短歌賞を受賞。
昭和四十五年（一九七〇）	二十四歳	大学卒業後、中学校の教師になる。

昭和四十七年（一九七二）	二十六歳	第一歌集『森のやうに獣のやうに』を青磁社より刊行。永田和宏と結婚。横浜市菊名に転居。
昭和四十八年（一九七三）	二十七歳	長男・淳が誕生。
昭和四十九年（一九七四）	二十八歳	東京都目黒区に転居。
昭和五十年（一九七五）	二十九歳	長女・紅が誕生。中野区に転居。
昭和五十一年（一九七六）	三十歳	第二歌集『ひるがほ』を短歌新聞社より刊行。京都市右京区に転居。
昭和五十二年（一九七七）	三十一歳	『ひるがほ』で第二十一回現代歌人協会賞を受賞。『森のやうに獣のやうに』を沖積舎より再刊。七月、親友・河野里子が自死する。
昭和五十五年（一九八〇）	三十四歳	第三歌集『桜森』を蒼土社より刊行。現代歌人叢書として『燦』を短歌新聞社より刊行。岩倉中町に転居。
昭和五十七年（一九八二）	三十六歳	現代女流自選歌集叢書として『あかねさす』を沖積舎より刊行。
昭和五十八年（一九八三）	三十七歳	滋賀県石部町に転居。

年	年齢	事項
昭和五十九年（一九八四）	三十八歳	一家で渡米。メリーランド州ロックビル市に住む。
昭和六十一年（一九八六）	四十歳	帰国。滋賀県石部町に住む。エッセイ集『みどりの家の窓から』を雁書館より刊行。宮柊二死去。
平成元年（一九八九）	四十三歳	京都市岩倉上蔵町に転居。「コスモス」退会。
平成二年（一九九〇）	四十四歳	「塔」短歌会入会。
平成三年（一九九一）	四十五歳	現代短歌文庫『河野裕子歌集』を砂子屋書房より刊行。評論集『体あたり現代短歌』を本阿弥書店より刊行。第五歌集『紅』をながらみ書房より刊行。
平成五年（一九九三）	四十七歳	「塔」の選者となる。
平成六年（一九九四）	四十八歳	エッセイ集『現代うた景色』を京都新聞社より刊行。
平成七年（一九九五）	四十九歳	『紅』までの歌集五冊をまとめた『河野裕子作品集』を本阿弥書店より刊行。第六歌集『歳月』を短歌新聞社より刊行。
平成九年（一九九七）	五十一歳	第七歌集『体力』を本阿弥書店より刊行。第三十三回短歌研究賞を受賞。

		『鑑賞・齋藤史』を本阿弥書店より刊行。岩倉長谷町に転居。
平成十二年（二〇〇〇）	五十四歳	第八歌集『家』を短歌研究社より刊行。九月、左胸に乳がんが見つかる。
平成十三年（二〇〇一）	五十五歳	第九歌集『歩く』を青磁社より刊行。
平成十四年（二〇〇二）	五十六歳	父・河野如矢が死去。第十歌集『日付のある歌』を本阿弥書店より刊行。
平成十六年（二〇〇四）	五十八歳	第十一歌集『季の栞』を雁書館より刊行。第十二歌集『庭』を砂子屋書房より刊行。
平成二十年（二〇〇八）	六十二歳	乳がんの再発・転移が見つかる。母・河野君江が死去。『続　河野裕子集』を砂子屋書房より刊行。第十三歌集『母系』を青磁社より刊行。
平成二十一年（二〇〇九）	六十三歳	第十四歌集『葦舟』を角川書店より刊行。
平成二十二年（二〇一〇）	六十四歳	八月十二日、死去。
平成二十三年（二〇一一）		第十五歌集『蟬声』を青磁社より刊行。

あとがき

二〇一〇年に河野裕子さんが亡くなって、今年でちょうど十年が経った。

この本は、二〇一四年から二〇一六年にかけての「梁」（現代短歌・南の会）誌上での全六回（八十六〜九十一号）の連載「河野裕子の歌鏡」をもとにまとめた。連載は、「いつか河野裕子の歌について書きたい」と漏らした私に、すぐさま「それなら「梁」でぜひ書きませんか」と言ってくださった、伊藤一彦さんのご提案によって実現したものである。

心がけたのは、わかりやすいラベルを貼って満足することなく、歌集の一冊一冊、歌の一首一首をゆっくり地道に読んでいこう、ということだった。また、時代や短歌界の動きとの関わりを正確につかむために、できるだけ当時の資料にあたるようにした。

最終回を書き終わってからすでに四年以上が経過し、あらためて読みかえしてみると、いまならもう少し違う書き方をするだろう、と思う箇所も多々あるけれど、二十代の自分がこつこつ書きあげた記録として、なるべくそのまま掲載することにした。これからも、河野裕子のこの混沌として息遣いゆたかな歌の世界にもぐり続けて、いずれまた何か書くことができれば、と思っている。没後十年、河野さんの作品がしっかりと読み継がれてゆく、ひとつのきっかけになれば嬉しい。

連載の場をあたえてくださった伊藤一彦さんと現代短歌・南の会のみなさま、本当にありがとうございました。とくに伊藤一彦さんには、毎回あたたかな激励の言葉をいただきました。心よりお礼申し上げます。

また、刊行にあたり多くの助言をくださった永田和宏さん、そして担当してくださった角川「短歌」編集部の吉田光宏さん、装幀の片岡忠彦さんにも深く感謝申し上げます。

二〇二〇年十月

大森静佳

著者略歴

大森静佳（おおもり　しずか）

1989年　岡山県生まれ。

2009年　「塔」短歌会と「京大短歌」に入会。

2010年　「硝子の駒」50首により第56回角川短歌賞受賞。

2013年　第1歌集『てのひらを燃やす』刊行、
　　　　第39回現代歌人集会賞受賞。

2014年　同歌集で第20回日本歌人クラブ新人賞、
　　　　第58回現代歌人協会賞受賞。

2018年　第2歌集『カミーユ』刊行。

2019年　同歌集で第12回日本一行詩大賞を受賞。

現在、「塔」編集委員。

この世の息　歌人・河野裕子論

塔21世紀叢書第379篇

2020年12月10日　初版発行

著　者　大森静佳
発行者　宍戸健司
発　行　公益財団法人　角川文化振興財団
〒359-0023　埼玉県所沢市東所沢和田3-31-3
ところざわサクラタウン　角川武蔵野ミュージアム
電話 04-2003-8717
http://www.kadokawa-zaidan.or.jp/
発　売　株式会社　KADOKAWA
〒102-8177　東京都千代田区富士見2-13-3
電話 0570-002-301（ナビダイヤル）
https://www.kadokawa.co.jp/
印刷製本　中央精版印刷株式会社

 ISBN978-4-04-884387-4 C0095